琉璃之泉

曉落的眾神之星

藍光——著
Winny——繪

琉璃之泉與交錯的愛戀

先寫在第一行，這段推薦文不會洩露劇情與破壞本書的閱讀體驗，請放心閱讀。或是因為這段推薦序對於閱讀不會有其影響，可以直接翻到本文。

嗯，吾真是貼心呢。

今天吾在這邊寫推薦文，是要推薦……

事情發生在一個日常的午後，正在讀書的吾接到一位好友，也就是本書的作者藍光，發來的訊息。

當吾得知藍光終於要順利成書與此書即將出版，自當是為她感到高興，而且亦很榮幸受她與出版社邀請為她的出道作《琉璃之泉》撰寫推薦序。

不過，如同第一行所述，身為一個不喜歡劇透與通常推薦文都會跳過的讀者，自當是不會對內文多加著墨與評比啦。

「那你寫這篇推薦文是寫心酸的嗎？」

相信有人會有這種疑問啦，事實上，比起去寫吾對這本書的評價與導讀來破壞正在看書的諸位的閱讀體驗，不如吾來說說更有意義的事吧？

閱讀一本好書是人類本身就有的天賦。

要看一本書，並不需要別人的導讀來教你怎麼看，因為想必諸位自己就有能夠沉進書本世界並品味它的能力。

一本書的好壞，也不是其他人寫它有多好就是好的，反之亦同，而是諸位是否能夠在這本書獲得什麼，當然，獲得了什麼，這也不論好壞。

那今天吾到底想說些什麼？

吾倒是想說說作者們的努力，今天諸位所翻閱的書本，華美的封面，精煉過的文字，生動的人物……

這些全部都是作者與其他協助成書的人員努力下的結晶。

吾有將藍光的稿子全部看過一輪，其中吾看到最多的是滿滿的紅字與紅線，還有與編輯討論過的註解。

可以從中見得藍光此書的完本過成經歷過不少的洗練。

就吾自己個人所知，藍光對於本書的設定與繪師亦是自己努力並且與出版社協商許久的成果。

這也是她長時努力下最終所完成的作品。

也許，諸位看完一本書只需要一天，但作者成書可能要花上一年。

所以，就好好享受吧。

不論是吾還是藍光，作者們努力完成一部作品，也只是希望諸位能夠好好品味他們的作品——從封面到封底，從角色到書中的世界，從文字到內心的情感，從黑與白的字間中到作者想傳達的意念。

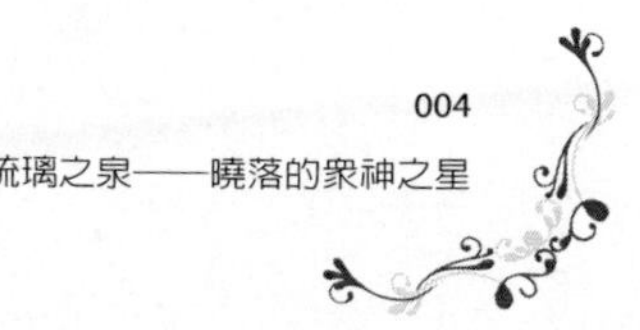

嗯，沒錯，好好地品味這本書吧！

其中，那並不包含推薦序，那是讓人略過的部分。

所以，就讓我們放鬆心情，翻到下一頁。

進入藍光的——《琉璃之泉》吧！

玥主杇紅

＊推薦人現任《賽祈創意》創意總監。出版作品：《死葬少女》、《台灣勇者協會TGG》、《薩彌亞的迴響》。目前在「萌娘電波」有專欄。

目次

楔子

太古之初，四方蒙昧。
眾妙會聚，神力丕顯。
蘇葉摩拿，初本手足。
無分疆域，嘉惠無邊。
蓄而妻之，仇恨乃孳。
一呼宓憐，永世不雨。
一呼辰魁，皇門多難。
眾神既隕，渾沌將代。
害其生民，殛不仁於下國。

上古以前，蘇葉神與摩拿神本是一對感情融洽的兄弟。

在蘇葉神觸怒摩拿神以後，摩拿神決定與蘇葉神分家，創立屬於自己的神祈信仰。

宓憐國也因為是摩拿神殿所在的國度，十分仇視蘇葉神殿座落的辰甦國，兩國之間看似友好，實際上卻一直處在隨時都可能開戰的狀態。

蘇葉神曾預言自己將在世間尋覓令自己現世的容器，摩拿神則預言，自己總有一天，會拆毀蘇葉神的神殿，讓祂從此滅絕於人世，使祂的信仰不復存在。

「燕麟，我今天煮了你最喜歡吃的毛豆還有咖哩，你想在哪裡吃？」

一名提著便當的黑膚男子，站在絲緞般的綠茵草皮上四處張望，在尋找一個適合野餐的位置。

那名男子有一雙蔚藍的眼眸，蓄著一頭有茂密而蜷曲的黑色長髮，將一綹瀑布般的髮綁成一束馬尾，垂在一側肩上，剩下的還有不少頭髮都垂在背後，看起來很誠懇的樣子。他的耳朵、脖子、手腕上都掛著一圈圈、一排排的純金首飾，在太陽照射下閃閃發光。

他的身上穿著一件短衫，裸露著雙臂，下半身著一件長裙。

他再次呼喚道：「燕麟，你去哪了？」

「我沒事，阿卡蘭。」

那位名叫燕麟的男子回道。他的皮膚很白，蓄著一頭金色長髮，綁成馬尾，臉長得很俊秀，生著一對劍眉，有一對紫色的眼睛，穿一身希臘式的白色短袍，袍身的長度只到大腿的一半，剩下的腿部全裸露出來。

「我等了十年，就是為了去三重峽看一看。」他指了指彼方的山丘，那裏的天空是青綠色的，就連雲的顏色都是紅的，與別的地方不大一樣。

這讓阿卡蘭面有難色，「不是吧，這跟說好的不一樣啊……」他想去追燕麟，可是呆立了半天，終究沒動一步，最後只嘆了一口氣，輕輕地說：「我真的很怕你出什麼事，畢竟那裏一直以來都不能進去。」

「所以我才說我等了十年嘛！」

他怕阿卡蘭追過來，又往三重峽的方向靠近了一步，「你放心，我還要回來吃你煮的毛豆呢！我去去就回！」

燕麟對他扮鬼臉笑了一下，就好像怕被抓到似的，快步衝向那座山丘。

阿卡蘭望著燕麟逐漸縮小的背影，自言自語道：「這樣的事情，還要再重來幾次呢？」

一　蝶泉初見

我初次看到他的時候，是在一處泉水邊。

蝶泉。這是一處三重峽以外的仙靈之地，平時有重重結界環繞，難以進入，但因為這幾天是天界祭典，各處晶石力量都被吸收了，所以我有機會越過力量變得脆弱的結界，到仙靈之地內一探究竟。

掬一把泉水淋到身上，袍子貼在我的肌膚上，沁涼的泉水香氣，頓時洗去我的鬱悶與焦躁，讓我通體舒暢。

這裡的天是青綠色的，四周有火鱗蝶拍動著翅膀，灑下火粉，難怪叫作蝶泉。聽這美麗的名字，我原以為在這裡會是各式斑斕的燕尾蝶，結果卻只看見一隻隻紅、橙或冰藍色火焰幻化而成的蝴蝶，飛舞過去。不過就算沒有各色蝴蝶，這裡也已經足夠繽紛，如果再多出任何過於搶眼的東西，在我眼裡也只會成為雜質。

我從小就一直想到這裡，只因這裡是個被禁止的地方倏然，遠方一個人影闖入我的視線。池水邊的人影，被沾滿水珠、亮晶晶的長草一層層遮住，讓我更好奇了。

我以為街上都在祭典，這裡不可能有別人在，還是說，有人跟我打一樣的主意？可是就算要偷跑到平時不得其門而入的禁區，這裡也算是冷門地帶，怎麼會有人想為了單單這一池泉水，放棄觀賞十年一度的祭典呢？

光是我自己，都覺得居然會選擇放棄一生中也只能看到幾次的大事，真是腦子燒掉了。尤其聽說新的天神祭司會在本次祭典首度獻祭，我想想，真的不去看嗎？就只是為了來這泉水裡探險加泡澡嗎？要不，看完這傢伙到底是誰，長什麼樣子，我就回去找阿卡蘭一起看祭典好了。

我壓低身子，鬼鬼祟祟地往前，撥開長草，像個準備引弓射擊的獵人般，緩緩接近，隨著距離逐漸拉近，瀰漫的泉水冷霧也逐漸散去。

那人有著一頭清藍偏碧的長髮，髮尾的捲度宛若一位公主般，非常浪漫，她散在身上的頭髮，用一只長長的鵝黃絲帶隨意束著，一身半濕的白色袍子緊貼在身上，露出衣服下那象牙般白皙剔透的肌膚，背脊骨感而削瘦，腰肢彷彿弱柳般隨時會被吹斷……

這是個女神嗎？但繪畫中的女神往往是美麗而豐腴，若要說眼前這人是個女神，未免也太過纖細。當我又仔細地張望了一會兒，我發覺全然不是這一回事，我剛才看了很久的這個人，居然是個男人！儘管他不是個女人，他出色的外貌，以及他為何此時出現在此地，還是很能挑起我的興趣。

許多火燐蝶翩翩飛來，圍繞在他的身邊，我能聞見一股香風，自他站立的位置迎送過來。他側過身來，捧起他那如瀑般的絲緞秀髮，輕柔地浸入水中，以青藍而沁冰的泉水洗滌，我注視著這一幕，感覺自己的喉嚨正在發乾。

那人有一對細長的鳳目，睫毛如扇子般纖長，完美的鼻梁弧線，小巧的鼻頭，櫻桃色的薄唇。儘管以一個男子而言，不論從側面或是背面來看，都太過瘦弱了，但我可以肯定的是，他是受到蘇葉神所喜悅的人，不論從哪個角度來觀察，他的美都十分神聖。

我觀看良久，也不知該出去攀談，還是繼續躲在這裡好？如果出去搭訕，一則，我會被發現自己擅闖禁區；二則，對方肯定把我當成現行犯，直接報官處理了，我可不想被抓進監獄，如此一來，阿卡蘭可是會傷心的，我也會留下不好的前科。還不如現在偷偷離開吧？等一下，那個人出來了，我再假裝自己與他巧遇，上前攀談，如此一來，既有機會認識他，又不會被當成變態。嗯，很好，我覺得這是一個不錯的想法。

「是誰在那裏鬼鬼祟祟的？快點出來。」

我在草叢裡移動，繞到他的背後以後，立刻衝出來，擒抱住他，他正要說些什麼，我便摀住他的嘴，不讓他發出聲音，他不斷掙扎，發出嗚咽，奈何他的手臂非常纖細，甚至是易折，騷動良久，都沒能掙脫我。

我見大局已定，他是不能反抗我了，便漸漸放鬆了對他的控制，右手游移上他的腰肢，雖然今天我是第一次見到他，但他的身上有一種莫名的香氣，我便把臉埋在他的頸邊，用鼻尖磨蹭他的頭髮，汲取這股魔性的香味，我可以辨認出這其中有白麝香。

「你是誰，你叫什麼名字？」我湊到他的耳邊，輕聲問道。他的耳廓已經通紅了，我看著他的側臉，他白皙的臉頰透著暈紅，而他沒有回話。

我把他整個人轉過來面對我，他有一對彎如新月的細眉，他先是看了我一眼，眉毛便垮了下來，一臉為難，眼神閃爍，眼睛裡瀲灩著一股子水氣。

我用手在他窄小的背胛間摸了幾把。他看著地，沒看著我，用隱忍的語氣，平淡地說：「你在做無理的行為，別這麼對我，你以後會後悔的。」

我用手抓住他削瘦的下頷，令他抬頭看我。

從他縹碧的眼眸中，我看見自己，竟是一臉痴態……

「你真是個病憐憐的美人。」

我放開了他，伸過手，去摸摸他的臉頰，他把我的手拍掉，一個紅紅的手印烙在我的手背上。

我感覺我的心臟跳得飛快，腦子裡有一股酥酥麻麻的感覺，無以名狀。

從未成年開始，我一向沒少去過酒家，竟然還沒見過哪裡的紅牌或者是店花，比眼前這位人兒還要美麗，性格又可愛。

「記住了，我叫燕麟。」

我凝視著他微張的兩片薄唇，顏色淡而剔透，如花朵般嬌豔，彷彿隨時會滴下晨露般，我低下頭，對準那對唇瓣，含住他，吮咬著，吸舔著，那人吃疼一聲，我才發現已經咬破他的唇，嚐到了一絲腥甜的氣味。

我抽開了唇，往他的頸邊吻去，他閉上雙眼，輕輕撇頭，露出更多骨感的脖子，我啃咬著他的首筋，一隻手扶著他的後腰，另一隻手蓋在他的胸膛上，搓揉著他平坦的胸脯。

他的膚質很細滑，摸起來的手感跟看起來的觀感如出一轍，或許他是一位嬌生慣養的少爺，從小出生在有錢人家家裡，受到完好的照顧，因此不知道該怎麼應對，也不曉得如何反抗，只是隱忍著，沒有出聲。

「你……為什麼吭也不吭一聲？」

那人說：「我知道你是燕麟……」他雙手扶住我的臉，凝視著我：「……我叫琉晞，也請你記住我，我們很快會再見面。」

我回過神來，眨眨眼，我懷中的人不見了，琉晞從我眼前消失了。

此時，遠方的大色已經轉變成靛紫色，夾雜著黃昏的火紅，以及幾點餘星。

都已經這個時候了，阿卡蘭會擔心我的！

我匆匆離開蝶泉，回到蝶泉附近的草原。阿卡蘭還在等我，他一見到我，就說：「燕麟，神祭的遊行還沒開始呢。可能是出事了，我們趕快過去看看。」一見到阿卡蘭沒問我去蝶泉幹了些什麼，我鬆了一口氣，對阿卡蘭點點頭，握住他的手，阿卡蘭看著我，笑了笑。

我到現在還是無法理解剛才究竟發生了什麼事，心裡仍然有些不安。

來到街道，雖然已經入夜了，大道的兩旁仍然聚集了很多人，只聽群眾吱吱喳喳地討論：「聽說新神祭身體犯沖了，還沒辦法過來。」、「喲，哪裡來這麼嬌貴的人兒？身子骨彷彿花朵骨似的，一吹就斷。十年一回的祭祀，哪得延誤半天，他說了不來，就不來啊？」

小時候我只看過一次祭典，所以我並不清楚老神祭的個性，但是我聽說是非常盡職的，一次都沒缺席過，也從沒有遲到，正因為如此，新神祭的任性，反而讓我起了點興趣。

這次我決定，為了看看新神祭長什麼樣子，祭典整整有十天，每天我都要早起，過來擠個好位子。

天界規定熄燈時間，所有人不得在公共場所遊蕩。過沒多久，巡察們便過來把民眾們驅散了。

阿卡蘭看著我，說：「燕麟，我們回家吧，反正明天還能過來看。」我們一起回家，阿卡蘭煮了晚飯，是鷹嘴豆咖哩，雖然過沒多久我就吃光了，我卻感覺得到，自己一點胃口都沒有。平常，我只要躺著，一下就能睡著了，奈何今天洗了澡以後，我躺在床上，不斷翻身，卻完全沒有睡意，這時，身旁的阿卡蘭都已經睡到不省人事了。

我推了推阿卡蘭的身子，「阿卡蘭，阿卡蘭……」

「唔、嗯……」

阿卡蘭微微海水藍色的眼睛，看起來好像很困倦的樣子。「燕麟，怎麼了嗎？」

我也不知道為什麼要叫醒他，只跟他說：「我睡不著。」

阿卡蘭打了一聲哈欠，揉揉眼睛，靠近了我，把身上的被子拉過來，把更多的被子蓋在我的身上，便把我的左手臂攬在他的懷中，貼著他的胸口。他把頭靠在我的胸前，右手環過我的身子，攬著我的背，「睡吧，燕麟，你會做好夢的。」就這樣，阿卡蘭維持著這樣的姿勢，閉上眼睛，沉沉睡去。

也不知道這番話有什麼魔力，聽著阿卡蘭呼吸的聲音，看著他隨著呼吸微微起伏的上半身曲線，感覺到他的體溫，雖然太過擁擠，有點熱，我還是在不知不覺中睡著了。

我聽到有人在跟我說話，那人的聲音直接從遠方送進我的腦子裡，他說：

「燕麟吾兒，汝是吾在人間之話事人。今日於蝶泉，吾已引薦吾之愛妻與汝知之，汝必大大歡喜，誠如吾之性情亦如是。今晚汝必熟睡，舊日疲累，於夜中盡解，箇中之由，乃因明日起，汝將入一試探，事畢，吾妻必大喜之，汝與吾妻，來日好事將成，此番事由，於夢中呈神諭，示與汝知，汝不可告他人。諸事盡相告之，吾乃去也，願吾之賜福與加護，常與汝相伴。」

我猛然坐起，只見窗外天色曖昧不明，牆角滴漏顯示現在五更天。阿卡蘭已經回到自己的位置上睡覺了。我躺了下來，翻身蓋到阿卡蘭的身上，壓著他，「天亮了，我們吃個飯就出門吧。」

「唔嗯……」阿卡蘭扭了扭身體，想動，卻被我壓得全然動不了。

我抱了抱阿卡蘭，晃晃他的肩膀，「阿卡蘭，阿卡蘭……起床啦，煮飯給我吃，我肚子餓了。」

「唔……我還很睏……不要吵……」

「……」

我嘆了一口氣，往他黝黑的臉頰邊親了一口，就想起床了。

阿卡蘭抱住我的手，沒讓我起來，「燕麟，別走……」

「！」

我還以為阿卡蘭醒了，但是他沒有，他只是胡亂說著夢話而已。

我把他的手鬆開，替他蓋好被子，就逕自起床，穿衣服，梳洗。我隨便泡了一杯麥片，暫且填飽肚子，就打算出門，到街上占位子了。

回到寢室，我躺到床上，看著阿卡蘭的睡臉，輕聲對著他說：「如果有看見神祭長什麼樣子，我會跟你說的，你就在家裡等我回來吧。」

阿卡蘭可能沒有聽見我說什麼，我就直接離開家裡了。

由於我起得很早，果然佔到一個最前頭的位置。當太陽衝破雲海，完全自山頭出現，七彩鳥也在空中漫遊鳴啼之時，周遭的民家才有人自窗內探頭，而我早已自最近的位置，睹見神轎的最前列，隨著神轎晃動，鈴鐺的聲音也逐漸靠近。看來今天新神祭終於不再任性了嗎？遲來的大轎，終於抬來了。

可是抬轎人龍冗長，又是人力，時間拖得非常久。儘管人們都以興奮的心情觀禮，但是到了日正當中之時，眾人還是受不了陽光，一一昏死在地上，很多人已經離開主要幹道，跑到附近乘涼了，剩下繼續堅持的人並不多，我是其中一個。

「你們看！是新神祭！新神祭的轎子終於來了！」

人群中有人大叫，我定神一看，確實能看到大轎的影子。人群像是沸騰的開水般炸開了，剛才離開的人紛紛跑回來圍觀，我也精神為之抖擻。果然，遠遠地，自山的另一頭過來的，是大轎的正車。紫金紗簾隨風長曳，金色珠鏈隨之搖擺而碰撞，發出清脆的聲音，領隊的女神官們拿著白毛羽扇子一邊跳舞，一邊為正轎開路。

人們頓時退開了。雖然我很想就近看看神祭的真面目，可是眼見有神官要前來規勸了，我也只好跟著退開。不過，沒關係，我手裡早已準備好一支羽鏡，等等放大來看。

又等了一陣子，冗長的轎子隊終於來了。大轎緩慢行進著，我等得焦急萬分，尿都快迸出來了，還是沒有看到神祭。人群一直在鼓譟，我感覺耳邊轟隆隆的。

「啊啊啊啊啊——」

人群大叫著：「是本屆的神子！」、「是新神祭！」

我立刻執起羽鏡，隔著兩層交錯的紫紗簾，望眼欲穿車內身影。

就在風揚起紗簾之時，我睹見了——車內的人，有一頭碧藍散亂的長髮。那人一斜瞥，對上我的視線，一個憔悴的白色身影映入我的眼簾……

二 被詛咒的男神祭

我的名字是琉晞，我是蘇葉神的神祭，蘇葉神殿的主事者，也是蘇葉神的妻子，職責是為國祈福。

從小，我就與媽媽聚少離多，在我成長的過程中扮演母親角色的，是幾名輪流任職的女神官。

我知道媽媽身為一名神祭，將一生奉獻給神，從此失去了自由，只能被終生禁錮在神廟之中，她何嘗不想照顧我？只是她不能。

媽媽總是戴著一副全白的面具，遮去她的眉與眼，所以我永遠也看不出她的表情變化。

從我有記憶以來，我就不曾看過媽媽真正的面容。「好想看媽媽的面容」，這樣的念頭始終存在我心中，使得我有一次，忍不住趁著媽媽彎腰與我說話時，動手去揭媽媽的面具，那時我的手忽然像觸電一般，又麻又痛的。而媽媽則是頓時滿地打滾，就好像被人打了一下似的，鮮血也自她的額際淌落下來，許多神官們都圍了上來，將我與媽媽隔了開來。

那時，媽媽躺在地上，氣喘吁吁地說：「琉兒，你乖，你聽話……媽媽已經嫁給神了，媽媽的面容不能給神以外的人看見。」

我問：「媽媽，琉兒是你的小孩，難道也不能看你的長相嗎？」

媽媽斷然地搖了頭，於是，我再也沒動過媽媽的面具的主意。

原本，儘管與媽媽聚少離多，我與媽媽至少還能說說話。但是隨著我年紀漸長，最後，我竟被神官們被擋在神廟的兩根柱子前，連界線都不能越過，只能在神廟外面生活長大。

我與媽媽就這麼斷了音信。在那之後，有一名身著黑衣，琥珀色的眼睛，黑色長髮，皮膚白皙，左眼下有刺青的俊秀男子接我離開蘇葉神廟。

我問他：「你是誰？」

他說：「知道了可別太過驚訝，我是你的爸爸。」

我說，媽媽既然嫁給了神，難道我不是神之子嗎？爸爸笑著說，可是媽媽在成為神女之前，也是個凡人，也有過戀愛啊……

我父親說話溫柔又風趣。我並不計較他以前為何不來照顧我，我想，可能與神殿種種的規定有關吧？

接著，「爸爸」對我說了很多事。我從第一天與他相處開始，就很喜歡他，而我也始終對他所說的一切深信不疑。

就算他不是我的父親，我也會認同他作我的父親吧。我這麼心想。

在這之前，在爸爸的家中居住的那一段時間，爸爸親自教授我許多知識，大部分是神學相關的。只是爸爸很奇怪，他信仰的並不是天界普遍的蘇葉神，而是一種一直以來都很祕密活動的摩拿神信仰。

然而，這也只是我小時候的認知，當時的我並不知道，蘇葉神與摩拿神信仰在天界是持平的，由於信仰不同的緣故，天界中每隔幾百年以至於千年，就發生一次宗教戰爭。

我還以為這樣有人陪伴在身邊的充實日子，能一直持續下去。但是，有一天晚上，暴風雪來了……

天界很少下雪，爸爸說，只有蘇葉神悲傷或生氣的時候，才會下這樣的大雪。當我與爸爸互相取暖，而我躲在爸爸的懷裡發抖時，爸爸緊抱著我，接著便潸然流淚。

難得看見爸爸這麼憔悴的模樣，我問：「爸爸，你怎麼了嗎？」

爸爸摸摸我的頭，他想笑給我看，臉色卻只是愈顯慘澹。他答道：「琉兒，你要記住，爸爸永遠都愛你……不要忘了爸爸，也不要恨你的媽媽。我們是你永遠的家人，別忘記你曾經與我們相處的歲月。」

就在隔天，我立刻被兩名女神官帶離父親的身邊。

這一次，我得以重新被帶回媽媽的面前，而媽媽終於脫下了面具。但是，這是一張充斥著刀痕，被刮花的血臉。

我曾經看著鏡中的自己，來想像媽媽的面孔。然而自己想念了多少歲月的容顏，卻是這種模樣。

「媽媽，你怎麼變成這樣！」我立刻上前攙住搖搖欲墜的母親。

母親卻一把將我推開。她倒在地上，一頭碧色的亂髮沾滿污垢與乾涸的血漬，而她以往美麗的神官袍不再，如今身穿的是破爛的粗麻囚衣。

她好像在安慰我，又彷彿喃喃自語般，說：「琉兒，乖、乖孩子……媽媽，不再被神喜悅了，你要取代媽媽，知道嗎？」

一時間，我無法理解她在對我說什麼。

「琉兒，只有你……」她在我的耳邊低語道：「你是蘇葉使者與摩拿使者愛的結晶，你是大陸上……不，你是全天界獨一無二的，你有你的使命，神祭一位，唯有你能擔當！」

才說完，兩名神官上前，把媽媽拖走。神殿裡的眾人，不斷唾罵她「可恥的女人」、「蘇葉神叛徒」、「狗男女」。

而我，昔日被趕出神殿的棄子，竟被眾人團團圍上。兩名神官將媽媽昔日穿的那件袍子，連同媽媽曾經戴過的面具，一起恭敬地交給我。

我從十五歲開始忍受終日禁閉的神殿生活，轉眼間已經過了兩年。

我從起初的懵懂、驚愕，變得逐漸老成。在這兩年間，我忍受著大家對我的排斥與背後的閒言閒語，只能靠持續地鍛鍊神學知識與主持祭典的事務，來換得大家對我的稱許。這兩年，我與皇宮的關係融洽，皇帝持續給蘇葉神廟注資，並翻修神殿內部，以及周遭建築，這也證明了我的社交手段之傑出。

蘇葉神是公平的，這兩年的卑躬屈膝，換得我在神殿的平步青雲，大家不再把我當成一個「隨時可替換的神祭候補」，而是一名貨真價實的下任神祭。

但是正如同皇子如果沒有被立為太子，就會時時提心吊膽一般，儘管我的地位已經被確定了，遲遲沒有接手任何神職，還是讓我的心忐忑不安。在我的潛意識中，始終深怕哪一天，我也會像我的母親一樣，臉被刮花，全身流躺著鮮血，被拖入黑暗的地牢中。

如今的我，已經明白了母親為何事隔多年，才被打入地牢。那是與摩拿神私通之罪，是蘇葉神自身也犯禁了，卻不容許祂的子民所犯下的滔天大罪。

天界一向四季如春，只要天氣一發生變化，不論變冷或是變熱，都不是什麼好徵兆。而再一場突來的暴風雪，為我帶來一絲希望的光芒。

神殿中的彩色玻璃，正被大風「砰砰」地不斷撞擊著。在昏暗的神殿中心，一枝金色的樹狀燭臺，在它的枝梢點滿了黑色的蠟燭。

我躲在金色屏風後面，聽到眾神官們圍繞著燭臺，討論道：「我們年老色衰，已經無法滿足蘇葉神的慾望，琉祭司風華正茂，即將成年，美貌比前代神祭更盛，下一次的大典，必定要由他來親自主持。」

這讓我枯如死灰的心，燃起了希望的火苗。

待老神官們一一自金碧輝煌的大殿退出，我拖著長袍，虔誠地步入殿堂，匍匐跪倒在雄偉的金神像前，抬頭望著那綠寶石製成的一對碧眼，我問道：「偉大的蘇葉神啊，眾神官們所說的，正是您的旨意嗎？我是否已經有資格，承受您的厚愛？」

蘇葉神身著男式的衣裝，繫著金鍊的寶石頭飾卻一層又一層，垂在祂的頭髮上，使祂艷麗得像個皇后，祂雖赤裸著上半身，眉眼間卻帶有幾分妖嬈的脂粉味。摩拿神是毀滅與戰爭之神，相對地，蘇葉神是舞蹈與生殖的神，如果摩拿神負責悲傷，那麼蘇葉神就主宰喜悅。

祂的神像總是被製作成舞蹈的模樣，大多時候一足著地。看著祂曼妙的舞姿，一時間，我竟感到一陣燒灼，彷彿神的目光真的降臨到我的身上。

「琉晞，吾所喜悅之子，集萬人景仰於一身，吾著實寶愛之妻。」

這時，低啞的嗓音，轟隆隆在我腦海中響起。我目不轉睛地盯著那尊俊美的神像，綠寶石所做的眼睛裡正燃燒著火焰。

「汝貳拾歲時，當親自奉祀吾，爾後，持汝身心之貞潔，日日向吾蘇葉述職。維吾之賜福，汝之聲名，史冊長存，此身悟宇宙之妙，成上智之人。汝承吾授之天命，與吾之分身共結連理，向小神摩拿發難，吾將君臨全境，百萬小神聽令，汝處吾之右翼，吾定千萬愛惜，使吾綿延不斷之子孫，尊汝之貴，千秋萬世。」

這時，速度雖緩，但仍持續行進著的車隊，倏然停下。一隻白瓷般玉潤的手，撥開簾子，向我勾了勾。頓時，萬眾屏息。

本來，神祭不該與凡人有過任何互動，如今神祭卻為了我一個不起眼的人，喝令停止神轎的行進。

手持舞扇的神官們見狀，逕自排開，為我開出一條直達轎子的路。我深怕被眾人認出，只好低著頭，快速走向轎子。

我虔誠地跪在大轎前，不敢冒犯，從餘光裡，能看出紫珠簾裡的人，身穿一件純白的披風，以及一件白袍。

他低聲道：「你還記得我的名字嗎？我說過，我們很快就會再見面。」

戴著白色面具的他，令人看不出表情，只有唇際勾起一抹嫣然的微笑。儘管這面具隱藏起他驚人的美貌，從那櫻桃小口、堅挺鼻子，以及小小的鵝蛋臉，依舊能看出這是一位長相不俗的美人。

不等我反應過來，那神祭便朝神官們微微揮手，神轎就又動了起來，抬走了。神官們立刻層層

圍了回去，將我推回人群之中。

人群騷動，紛紛向我靠過來，七嘴八舌地問道：「小哥，神祭大人對你說了什麼？」、「小兄弟，不要隱瞞，快說呀！」

我當下真窘，難道能老實說出琉晞對我說的話嗎？我只好勉為其難地說：「神祭大人說了些預言……」

「喔喔喔——」

沒想到我的話卻正中了眾人們想聽的內容，不說還好，我一脫口，眾人又更鼓譟了起來，還有人不斷拉扯著我，吼道：「快說，快說啊！」

但琉晞可沒說過任何預言，要我哪裡生出預言的內容呢？這時，我腦裡卻忽然有一股靈感灌入，眼前一白，一道不像是我的聲音，借我的喉嚨與口齒，說出：

「神權已居，皇權將歿。舊日之人，昏昧不堪，假神名義，多行不義。吾名蘇葉，已生大計，親自託生，欲掌虎符。辰甦宓憐，多次戰亂，分裂二國，將合一體。」

我一說完，這說出來的內容，連自己都感到吃驚，因為我壓根沒有想過這些事情啊。

人群忽然安靜了下來，我擔心自己亂說話，是否會傷及民眾對神祭的信心？然而不知道是從誰口中傳來一句「好呀！真不愧是新的神祭，就連所說的預言都與往年的祭司們大不相同！」於是民眾又開始歡欣鼓舞起來，一同稱讚著我與琉晞。

同時，我也聽到有人大罵：「統一派的人不可原諒，辰甦與宓憐沒有半點關係，蘇葉神與摩拿神不是兄弟神！」

不論人群的反應如何，這下子，我總算度過一個難關了吧？我正這麼心想。這時，卻有好幾位手執長槍的男神官衝入人群中，將我架起來，其中一位從我後頭踢了我一腳，逼我跪下。一名蒙面女神官在我面前展開羊皮紙卷，朗聲吟誦道：

「琉神祭有命，在下在此轉告，望萬民周知：」

「賤民燕麟，無事先求得神諭，亦無余許可，竟擅用蘇葉神名諱，假稱為蘇葉神，余宣布即刻逮捕，押入地牢，永不釋放！」

這句話一說出來，便如一道雷，直接轟到我的頭上一般。一時間，我腦子裡一片混亂。不遠處傳來一股震動，一道雷竟自天空中橫劈下來。

「蘇葉神生氣了！我們對神不敬了！」

更多雷電直劈而下，越來越近，人們倉皇逃跑，擠成一團。

女神官說：「神怒已經顯現了，現在就逮捕那個假先知！」

……唉，我完了！

這就是報應吧？誰叫我觸怒了神。

原本還抱著欣喜的心情，要來參與本次祭典，未料我卻在神殿的地牢裡度過祭典剩下的八天。

受到神殿的用刑以後，如今的我已經沒有什麼體力，又渾身是傷，很難逃出這有著層層禁錮的監牢，就連動手扒一口送來的飯菜都成問題。

「你們可以退下了。」

恍惚間，我聽到了那雖然有些沙啞，卻令聽者如沐春風的聲音。

接著是鎖被拆下，鐵門打開的聲響。輕柔的腳步踩在石地板上，向著我逐漸逼近。一對溫暖而纖柔的手，把我自陰濕的地上扶起來，接著，臉上涼涼濕濕的，一口甘甜冰涼的水流入我滾燙而乾渴的喉嚨中。

「你發燒了呢。這也是當然的，我已經聽說你這幾天受到怎樣的懲罰了。」

我勉力撐開眼皮，模糊的人影映入我的眼裡，一綹冰藍色的長髮垂在我的臉上，雖然很癢，可是我腦內昏脹，渾身痠痛，使不出半點力氣。

「你的朋友聽說了你的事情，有來找你，我請他回去了……我說，你這個人已經從世上消失了。」

我不知道我現在的表情是如何，可能很緊張吧？

只聽琉晞說：「你不用緊張，我所說的消失，只是字面上的意思，不是實質的意思。」琉晞用手捧著我的頭，淡淡地說：「我不會置你於死地，因為我與你還有許多賬尚未清算呢。」

三 摩拿神使者的拜訪

「你偽造神旨，假稱蘇葉神的名義，原本只有死路一條，但我把你的命買回來了。身為死因，你的名字早已自任靈簿中除去，換句話說，世界上已經不存在你『燕麟』這個人了。」

琉晞扶著我，把我的身體靠在牆上，後來他說了些什麼，我已經不知道了，因為我又失去了意識。

「親愛的，醒醒。」

一道男聲叫醒了我，那人拍了拍我的臉。

我使力睜開沉重的眼皮。

眼前是一個黑色長髮，琥珀色眼睛，左眼下方還帶著奇異紋路的男子，他身上的衣服也是黑色，整個人簡直要與地牢的黑暗融為一體，唯有皮膚非常白皙。

「把這個喝下去，會對你的傷好一點。」

他把藥往我嘴邊灌，我也無力閃躲，隨著他按著我的頭，緩緩把藥灌入我的喉嚨中，我感覺這藥竟然有點滋味，不像平常的藥那麼難喝。

「真是聽話，就好像已經跟我認識了很多年一樣，不愧是我的兄弟。」

那人跪在地牢的板床邊，用手來回撫摸我的胸膛和下腹部，那藥非常見效，隨著精神好轉，我開始感覺自己被摸到有點熱熱的。他把我從又硬又冷的床上扶起來，「我帶你離開這裡。」

我們一起從牢房裡走了出來。

地牢裡的燈火昏暗，站在通道兩側的人都向這個一身黑的人行禮，我也不知道是出了什麼事，不知道是藥效的緣故，還是最近受太多罪，總覺得渾身上下一點力氣都沒有，只能靠著那個攙扶我的人。

「……你是誰？」

「我叫易華。」

「是地板上常見的那個告示嗎？」

「那是易滑！不是那個滑啦，是華麗的華。」他露出不知道是該哭還是該笑的表情，看了我一會兒，不知怎地，我感覺他看著我的表情非常溫柔。

他帶著我，一路走過漫長的走廊，經過許多羅馬柱，終於走到一個類似主殿的地方，周遭點了很多香氣濃厚的大蠟燭，室內飄散一種奇異的薰香味，我剛才被摸過的地方，竟然感覺更加灼熱。

這還是第一次，我看到蘇葉神殿中的神像，那是一尊不男不女，彷彿中性，衣著裝飾都非常華麗的俊美神像。

蘇葉神是和平之神，不過祂的個性聽說非常易怒，真是一名奇怪的神祇。

易華在蘇葉神的面前跪下，燃香祝禱，然後把一搓香交給我，「快點，拿香朝拜蘇葉神。」

我一時沒做，易華沉聲道：「快點做！」聲音裡有種不怒而威的氣場。我只好照做了。

接著，他按著我的頭，強迫我與他一起在神的面前拜了三拜，拜得我很不習慣，總覺得跟平常祭拜蘇葉神的儀式不大相同。

拜完以後，他從外套的內袋裡拿出一個密封的羊脂玉小瓶。他打開瓶蓋，咬破了手指，緊緊捏著拇指，對著瓶子裡擠了好幾滴血。

我才在奇怪他在做些什麼，他便不說二話，將小瓶湊到我手臂上一痕較為嚴重的鞭傷前，「你忍一下。」他用力一擠，將才剛結痂的傷口擠破。

「嚶……！」

我差點暈倒在地上，易華一隻手抱著我的上半身，沒讓我倒地。

血自我裂開的傷口中流淌出來，多到瓶身有一半都被染成了紅色。

易華拿回瓶子，仰頭喝了一口。

我的表情可能非常嫌惡，因為易華把瓶子對著我，正色道：「別躲，你也得喝。」

我把頭撇開，不願意照做。易華湊過來，捏住我的下巴，將瓶子湊到我的嘴巴前。

我又撇頭，他抓著我的頭髮，往後一扯，我由於疼痛的緣故，下意識昂起了頭，他便把那液體往我嘴裡一灌。

「咳咳咳咳！」

嘴裡有他的血，還有我自己的血，那味道真是噁心無比。

「吾兒，神子，注意！莫受欺瞞。汝與他既是兄弟，便須對他恭敬，然而，但凡他利慾薰心，加害於汝，汝則萬不可事事遵從！」

一時間，一道聲音直接傳入我腦海中，我狠狠打了個冷顫。

易華沒理會我的反應，自顧自道：「我是從鄰國來作客的，與其說是外交的緣故，倒不如說，我為了另外一件事。我和琉神祭有相同的預感——神之子要覺醒了，神之子即將改變世界。」

「前代的歷任都無法做到的事情，可能會在我們這一任做到，我們會改變整個天界互相爭鬥、分裂的歷史。」

「什麼意思？」

「剛才我們已經在蘇葉神的面前結拜了，從今以後，這一生，你我就和遠在天宮的蘇葉神與摩拿神一樣，再也不會離開彼此。」

結拜了？就在剛才？

「蘇葉神與摩拿神，可以重新回復到兄弟神的關係，宓憐國與辰甦國也就不必開戰了。」

「他說的是事實。」

我還在狐疑，就見到琉晞搖曳著長袍，緩緩地走進大殿中。他站在我身旁，居高臨下地看著我，「不論你何時覺醒，你該做的事情都只有接受我的侍奉。至於摩拿神使者所說的話……」

琉晞語帶保留。而易華看了琉晞一眼，對我說：「以後還有很多事，我跟琉晞都會教給你，畢竟我們已經不是前代那種敵對的關係了。」

琉晞的表情冷冷的，至於正在說話的易華，則是兩眼帶笑，那股笑意中，好像不知道隱藏著什麼深意似的，我雖然想要信任他，卻又不敢如此，心中難免有些忌憚在。

在這之後，我再也沒有回到牢房中。

在琉晞的命令下，我只能終日泡在一種綠色的湯藥之中調養，無法離開這座藥池。

琉晞偶而會掛著不屑的嘴臉，悠悠地走來看我。

他總是覆著一張面具，他的面容我自然是看不真切，但從他一雙眼裡射出的厲光，我至少能知道，他對我好像有點不屑，可是又必須要服侍我，因為他是「蘇葉神的妻子」，而我……我不能確定我是什麼，可是易華說，我是「蘇葉神之子」、「祂在人間的代言人」，所以琉晞必須服侍神，也就是服侍我。

「這種湯藥，叫作『活靈湯』。」坐在池邊，琉晞百般無聊地一邊用手划動著半透明的綠色藥水，「活靈湯具有相當良好的治癒效果，從癒合傷口、消毒殺菌，到接骨生肉，無所不包。」

經他一說，我才知道這盆看似噁心的東西，居然有這麼好的功效？我也沒想到琉晞居然會對我這麼好。

「但如果是我，就絕對不會想來泡這一池活靈湯。」

「這一池良藥，正是用上古邪神腸內的殘留物煮出來的。你知道嗎？有些少數民族，喜歡把草食性動物的小腸末段打開，將裡頭的殘留物拿來吃，就是快要化作排泄物的那種，他們稱那叫『百草膏』。而這一池藥，就跟那百草膏差不多。」他話還沒說完，我已經全身發顫，想跳出來了。

「且慢。」但琉晞硬是把我壓回池水之中，甚至一個加壓，害我的頭也淹到水裡，不小心喝到一口。

咳、咳咳咳！

琉晞繼續道：「你擔心什麼？人家好東西也不是留給你這種人享用的。這一鍋藥，不過用了千分之一的殘留物罷了。你難道以為自己真的在泡糞水嗎？」

「……」

於是我只好忍住不快，繼續泡在這一池綠色水之中，持續感受著受損的軀體不斷生皮長肉的奇妙感覺。

看著琉晞那一臉皮笑肉不笑的樣子，我心裡便起了一股念頭——等我受傷的身體全好了，一定要把這個人……

幾天後，我終於得以脫離那鍋活靈湯。

幸好，重生的我除了斷掉的骨頭長回去、刀痕與鞭痕盡然消失以外，皮膚既沒有變成綠色，身上也沒有大便味，總之沒有其他副作用。在外頭迎接我的，則是手上捧著一套衣服的琉晞。他很隨便地將一套看似昂貴的白色祭袍扔給我，「哪。」

我遲疑地接下這衣服。「給我的？」

琉晞挑起眉來，看了我一眼，鄙夷地笑道：「或許你開始犯賤，覺得自己是個禽獸，不配穿衣服，才會問這種蠢問題？」

「也罷，就算你穿了衣服，也不過是條狗，那麼你不必換了。」他說著就要抽走我手中的衣服。

我連忙阻止他：「不，我很有自知之明。就算我知道自己不配穿衣服，但我也不好赤身露體地出去嚇唬人，尤其是嚇唬你。」

琉晞聳了肩，「既然知道，就進去換上，看尺寸合不合。」他指了指一旁更衣室的門。

於是如他所願，我走了進去，換了衣服出來，對著全身鏡，照了幾次都不太對勁，最後終於忍不住道：「你給我的不是女裝吧？這年頭都流行給男生穿女裝嗎？」

「是又如何？不是又如何？」琉晞好像在面具後白了我一眼，「男女終究不都一對眼、一個鼻、一張嘴，有何分別？」

「你在開我玩笑嗎？」我哭笑不得地說：「穿女裝也有好看或不好看的類型啊。我這種粗野人，就是穿了這種衣服，也不可能會好看。」

琉晞道：「這並不是要你穿得好看用的。你得搞清楚，在這神殿裡，就只有一種人、一種身分——那便是神官，除此之外，沒有任何人可以留下。」

「我是知道這些，但……」

琉晞守在更衣室外，在我換好衣服前，不讓我出來。我看著鏡中自己的裝束，良久難以釋懷，「難道沒有男裝可以穿嗎？」

琉晞逕自拉開更衣室的門簾，他的視線在我身上灼灼地來回，我開始感覺到自己當初可能也是這麼打量琉晞的。

他說：「在這神殿裡，男性需得經過層層嚴格的考試才能留下，我就是那極為少數得以留下之人。憑你這豆腐腦，要通過那些考試，難中之難，更何況你早已從國民之列除名，你連哪來的身分都成問題，我為了收留你，豈不得大動手腳？」

我愈發無語了。

琉晞又繼續道：「按例來說，我的身邊要有一名貼身的女神官來服務與張羅我所需求的一切。從今以後，你便擔當這職務，你可以享有配給的月份例以及一定的休假，除此之外，你沒有推辭的權力，因為你的生命、時間以及自由全都是我的所有物，這樣，你有異議嗎？」

「有，我有異議……」我無力道：「我能回到以前那種生活嗎？」

其實，我開始想念溫柔體貼的阿卡蘭了，這幾天和琉晞相處，我發現他的性格非常不好，這一點光看外表，根本看不出來，而且阿卡蘭至少會煮各種他調味出來的特殊咖哩給我吃，蘇葉神殿裡根本沒有好吃的東西吃。

「……」琉晞沒有回答我的問題。

「其實這種祭袍，男女的樣式都是同一個打版，你穿男裝，跟穿女裝，並沒有什麼差別，很多我們神殿的男神官，下去跑公文的時候，也會被誤認為是女孩子的，他們也習慣了，沒什麼感覺。」

你不要把每個人都說得好像你一樣，好不好？

琉晞的懷裡揣了一張頭紗，他替我安了上去，再放下那層薄薄的白紗，此物竟毫不影響我的視線，而且也沒有重量，有戴著就跟沒戴著的感覺一樣。

我才摸了摸頭上的那層薄紗，立刻就被琉晞喝住：「這張頭紗可是護身符，萬萬不可摘下來。」

琉晞道：「我在頭紗上施了咒，這樣子你才不容易被外人認出是個男人。神殿裡很講究貞潔，任何閒雜男性混進來，都是大罪一條，以前有男神官在神殿裡跟女神官淫亂，就被剁成肥料餵豬了。」

那麼，神祭是蘇葉神的什麼？相當於皇后嗎？琉晞就是蘇葉神迎娶的皇后？

琉晞沒有回答我內心的疑問，只是繼續耳提面命地說：「你要記得，所有的女神官都是蘇葉神的妻子，所有的男神官都是蘇葉神的家丁，你對殿內的女神官都要恭敬，千萬別把小命賠沒了。」

雖然我已經不說話了，但是琉晞又瞥了我一眼，「別以為我不知道你在想什麼。你覺得這樣穿很屈辱，對吧？可是比起從小被當成女人來養育的我，這又算得了什麼？人總是有不同的境遇，境遇既然改變了，心態就得跟著改變，你沒有選擇，環境也不會給你選擇。」

說著說著，琉晞的眼神變得有些感慨，他低嘆一聲。

「走吧。」琉晞撇了頭，就要轉身離開。

我在這偌大的神殿裡，隻身一人，無依無靠，唯一認識的人是琉晞跟易華，琉晞討厭我，我討厭易華，未來真是前途多舛。

我沒有其他選擇，只好跟上琉晞。

在走廊上，不時有其他女神官經過，然後向琉晞行禮。她們身穿的白色衣服都與我身上這套相同，唯一不同的一點，只有我的頭上多了一層頭紗。

隨後，琉晞絆了我一下，害得我差點要踩到裙擺，跌倒在地了。

琉晞撈了我一把，在我耳邊低語道：「你要學習如何穿長袍與裙裝，走路不可以開開的，這些女神官的儀態都很優雅，為了避免日後被拆穿，你現在就該好好向她們學習。」

唉！為什麼我就非得要向她們學習呢？

明明在不久之前，我還是個成天在街上鬼混的自由人，雖然胸無大志，也沒什麼地位，但至少自由，而且也不用整天到晚提心吊膽的，擔心自己是個女裝變態的事情被識破，屍體被切成肥料餵豬。

從白色的走廊另一端，走來一個自在的黑色身影，看上去與四周環境極為不相稱。

那人的靴跟踏在大理石地板上，腳步的回音特別明顯。而他走得當真是又緩慢又輕盈，雖然穿得一整團黑鴉鴉的，論其優雅之姿，卻毫不輸給方才經過我們身邊的女神官們。

「原來是神之祭司大人，貴安。」

終於來到走廊的中段，那人逕自站到琉晞的面前，攔住琉晞的去路。怪了，神殿裡不是男性止步嗎？在這裡不就是個活生生的男人？

琉晞點了點頭，配戴著面具的臉看上去顯得特別冰冷。

他緩緩開口，低聲道：「貴安，摩拿神的使者。」

他一身全是黑的，除了一頭墨黑的髮以外，把身體包得密不透風的，穿著全黑的禮服，皮帶把腰束得很緊，對襟排扣的設計，暗色系多添了幾分沉穩的氣質，給人一種紳士的感覺。

易華往我這裡瞄來一眼，甚至還對我淺淺地笑了一下，讓我覺得心頭亂麻一筆。我連忙低下頭來。

「易華有禮了。」那人鞠躬道，從他的後頸，還有一截長髮自肩膀後滑了下來。

我感覺到琉晞微微改變了呼吸的頻率，像是有些緊張，而後，琉晞也笑了一聲，躬身回禮。

「你看出來了嗎？」琉晞問道。

「我能聽見他呼吸的聲音，些微知道他在想些什麼，連蘇葉神都不能阻擋了，區區的偽裝算些什麼。」他呵呵笑道：

「很快地，我們會變得更加親密，因為我們之間的牽絆已經被確立了，蘇葉神會把祂的力量輸入這具軀體，當神人之間獲得全然的連結，這凡人的靈魂，也就被取而代之了。」說的時候，易華始終直勾勾地看著我。

說完，他再次鞠躬，道：「礙於接下來還有公務纏身，在下無法與神祭大人再多討論一番，來日希望能再與您碰面。」

琉晞說：「貴賓不是要在本神殿佇留一段時間嗎？碰面的機會看來不小。」

易華點點頭，道：「在下會很期待的。謝謝神祭大人的指教，請。」

「請。」琉晞回道。於是兩人各自朝走廊的兩頭前進，就此別過了。

我回頭望著易華，就見易華此時也望著我，他駐足對我笑了笑，揮揮手。

直到我們都已經距離易華有一段距離，我才問道：「琉晞，難道你對每個人都這麼客氣嗎？」

琉晞緩緩答道：「我有這個權力對其他人發號施令，包括你，但是對那個人就不行了。」

「什麼意思？」琉晞剛才不是稱呼易華為「摩拿神的使者」嗎？就我所知，摩拿神也不過是另一個宗教罷了，難道他教的使者就重要到這個程度嗎？

琉晞看了我一眼。

「你以後會知道，那個人，跟你，跟我，都脫不了干係。我們一生，註定會糾纏在一起。」

隔天早上，我就開始了身為神祭大人的隨從，必須要做的第一件事情——去找書。

「燕麟，以後你每天早上都必須比我還要早起床。你必須要到圖書室裡，為我找齊今天研習的書，這是你的工作內容之一。」

當時，琉晞這麼道。我立刻向他抱怨道：「你不是常罵我笨嗎？你明知道我笨，還要我去找書？」

「有一種學說叫作『用進廢退說』，你知道嗎？」

琉晞打了一個呵欠以後，悠悠道：「長期不使用的器官，會退化也是理所當然的。儘管這個學說並不全然正確，但我覺得將它用在人類身上，大多數時候都很合理。」

「你的意思是？」

「我的意思是，你的腦子已經太久不曾使用了，以後就讓你去動動腦，才不至於大腦退化。」

「……」

於是，在我的口才與智慧都不如琉晞的情況下，我只有接受這份工作。

撇開用腦的問題，這個工作對我的困難之處，在於清晨的神殿實在有點令人驚恐。

如果是平時，在明亮的神殿周遭，不斷有女神官來來往往，三三兩兩結伴聊天，或是一起抱著書走路之類的，偶而還能看見其他神官在花園裡灑水澆花，一片聖潔安穩的氣息，看起來就是個安詳的小天堂。

但現在呢？天色仍昏暗不明，空曠的神殿裡，毫無光線可照路，而且只迴蕩著我一個人的腳步聲。孤獨、以及陌生感恐懼感同時升上心頭，真是說有多可怕就多可怕。

「神官小姐，晨安。」

「！」走廊上，忽然有人從後頭叫住我，讓我嚇了一跳，都彈起來了。我只覺一陣丟臉，愣愣地轉過頭來，居然連一個人都沒有看到，見鬼了，那剛才到底是誰在叫我？

但是再仔細一看，終於有一個人影隱隱地走了出來，而他身上的衣服顏色居然與周遭的黑暗合而為一。

不用想也知道，在這神殿裡也只有一個人會穿著全黑，就是昨日才剛與琉晞見過面的易華。

一想到琉晞說過，這人是個很重要的人，我也不敢馬虎了。我吞了幾口口水，潤濕乾澀的喉嚨，「……晨、晨安。」

「這位不是神祭大人身邊的隨從嗎？」

隨著靴跟踏地的聲音靠近，易華往我這裡走了過來。

他站到我面前，我還必須要抬頭才能看著他，他比我高了大概半個頭。頓時，身高不如人的自卑感，如海水倒灌般朝我心頭襲來。

「哇，妳真高呢。難怪身材看起來很修長。」易華卻如此道。

「……！」

一開始聽到這句話，我還以為他在諷刺我的身高，但是對方根本沒有這麼做的理由。

他又不是琉晞，只有琉晞才會一直找機會罵我吧？「大人太客氣了……」

易華見到我的樣子，卻笑了出來，這次的笑卻與上次對琉晞的笑有些不同，我總覺得他在嘲笑我。

「還以為神祭大人身邊的隨從會比較好說話，想不到反而是神祭大人本身比較健談呢。可是你並不需要緊張啊。」易華說。

拿我跟琉晞比？

難道我要告訴他真相，說琉晞其實只是在客套他、糊弄他？

還是別了，雖然我不是很喜歡琉晞，但別人不可能會討厭琉晞，所以我還是該給他留點面子才好。

我長吁了一口氣，說：「請易華大人不要浪費時間與我這種卑微的人說話、我看您的樣子也像是有目的地，您就先去忙吧。」

易華依然笑著，笑得讓我看不出他的心情究竟為何。

「明明我們是最親近的人。我難道要一直演下去？」他看著我，細聲道。

我全身忍不住抖了一下。

他沉吟了一會兒，才道：「在下失禮了，請神官小姐不要將剛才的事情放在心上。」他向我輕身鞠躬，便朝前方走去，走得依舊是上次那樣，緩慢而優雅。

「你會想起我的。」背對著我，他說：「蘇葉神會讓你想起我。」

我目送他遠去，接著，為了與他拉開距離，我不得不走得更慢。但是都已經走過一段漫長的距離，易華的前進方向還是與我完全相同。我不由得喊住他，道：「易華大人，不好意思，可以打擾一下嗎？」

「嗯？」而易華毫不驚訝地緩緩轉過身來看著我，好像早就知道我一直跟在他後面似的……那我剛才走得這麼慢，把距離拉得這麼開，還走得躡手躡腳的，到底有什麼意義可言？

「請問您要去哪裡？」我不由得問道。

易華笑咪咪地撐著頭，想了一下，這才道：「圖書室，可以麻煩你替我帶路嗎？」

四 銀色眸光與淡藍梅枝

我是琉晞，於前幾回，仁慈的蘇葉神已經告知各位神之子與蘇葉神殿的概況，如今我將使各位知道辰甦皇室的內情。並且，今日我不能待在蘇葉神殿，必須在保密的情形下，隻身前往辰甦宮廷。

和煦的風搖動我的窗簾，溫暖的朝陽直射進我的房裡。一週過去了，轉眼間，又來到進宮的時候。

「琉晞大人，陛下已經在棲寧宮等候多時了。」

「……」

聞言，我這才自床鋪裡起身，儘管我早已醒了過來，但就是不願意張開眼，去面對天亮的事實。

「我知道了，你們先退下吧。」我道。

「是。」皇宮來使答完，身影便自房間的簾幕外消失。

已經這樣多久了？每當早晨之時，我就必須進宮，這樣的習慣已經持續了這麼久。

要不是因為我身為神祭，也許我就不只是在早晨時進宮這麼簡單了，或許也會被他收入庫房之中，將我的名字寫入庫房的名冊。

可是這樣又究竟該算是好，亦或不好？如果朝朝暮暮與「那位」在一起，他說不定還會有厭煩我的時候，就與他那些美若天仙卻依然被冷落的妃子們相同，但是如果只是繼續這樣若即若離下去，我想，那位恐怕是一生都不會厭煩了，那麼，我該不會一輩子都必須這麼偷偷摸摸下去？

懷著四年來，未曾減退的忐忑之心，我著上衣物，戴上面具，走出房門，接受兩位使者的帶領。

辰甦宮殿中有許多別宮，棲寧宮就是其中的一棟，是皇帝的寢宮。

兩位使者到了大門前，就停了下來，不再繼續前行，留下我獨自一人走進去，踏上無止盡的長廊。

過去，在這條有許多宮女或宮妃們來往的走道上，我常被以異色的眼光看待，甚至是被恥笑、辱罵……但隨著時間一長，大家都對我漸漸沒了興趣。

陛下一向擁有許多后妃，他的興趣短也是著名的，常常是興致一來，就非得將心想的事物得手。有好幾國的國王都吃過這位暴君的虧，不是皇后被硬生奪去，就是已經訂親的公主，被迫遠嫁而來。但不論來的人有再美的姿色、再高的智慧，都是殊途同歸。時間一長，她們的寢宮再也得不到皇帝的臨幸，她們只能絕望而孤獨地繼續活下去，或是選擇自裁。國際上有名的「千金公主」，易華的皇姐便是這麼死去的其中一人。

宮裡有人猜測，也許我是受到神助的，否則都四年了，陛下怎會依然傾心於我？

我認為，其實陛下並不好色，而是因為他自身也被如此囚禁著，他太過孤獨了，所以培養出他蒐集的興趣。

陛下把所有美麗的女人都當成收藏品，不過是一種收藏癖罷了。

舉凡古董、珍品，甚至美人，只要是美的東西，他都想要，而他可是列國中權勢最大的辰甦國

君，他當然有這種能力將所愛的東西得手。

而我？不過是他永遠無法真正得手的一項事物，所以他會一直對我持續興趣，直到他真正擁有我以後。

「琉晞，你來了，孤等你很久了。」

進到書房之內，這時藍夜正坐在書桌前，手執毛筆。他身穿一件黑色繡龍的皇袍，看上去尊貴，冷酷而邪魅，長長的髮只是以銀線收攏成一束，柔順地垂散在頸後。

在他面前，書桌上平舖著畫卷，那卷畫中已經以墨色畫上枝幹，圖中的花樹卻空有枝，而沒有花，顯得有些冷清。

「參見陛下。」我向他鞠躬道。

藍夜使了眼色，兩名守在房門口的宮女立刻恭敬地退了出去，順手帶上房門。我向那張檜木書桌走過去，藍夜一站起身子，立刻把我壓倒在書桌上，撞得我骨頭生疼。

藍夜伸手想剝去我的面具，卻在碰到的瞬間立刻抽手，因為他早已吃過這副面具太多次的虧。

「差點忘記了，神祭可是『蘇葉神的妻子』，神的物品，就算是一國之君也不能侵犯……」藍夜壓在我的身上，溫柔地撫著我的髮，「你自己拿下面具吧。」

我照他說的去做，將面具拿下，小心翼翼地放上桌面一角。藍夜望著我，一雙銀色的眸子令人無法參透思緒。

有傳言，從藍夜出生之時，前任神祭，也就是我的母親就曾預兆過，這一對銀眼是性情暴戾的象徵，顯示這名皇子並不適合登基。

不知藍夜是用了什麼方法，從眾多皇子中脫身，打敗了「靖王」極湘，先皇沒有依照先帝祖制，而是將當時的「麗王」藍夜封為太子，在先皇駕崩以後，他也順利接手了辰甦國，靖王卻依舊是他的死對頭。

他深深地看著我，嘴角挾著一抹壞笑，「今日能見到愛卿，孤的心情極好，便不強迫你了。」他一隻手按在我身邊的桌面上，彎腰靠在我的身上，束在頸後的長髮垂散在我的身上。

他的長髮是冰藍灰色，他有一對銀色的杏仁圓眸，當他在打量著什麼的時候，他的一對杏眼裡，有時會閃過異樣的光芒。他有白瓷般的膚色，掩映著秀美的五官，儘管他高高瘦瘦，相貌卻像個娃娃一般精緻，由於他長得太像他被打入冷宮的母親，因此曾被先皇冷落多年。

要不是因為他對我的所作所為，單看他完美的外表，也許我也會很喜歡他。

事實上，正因為我知道他的遭遇，我陪他一起長大，所以我沒辦法恨他，如果我討厭他的話，我會覺得我好像也討厭我自己，他的境遇與我差不到哪裡去，我們都是受害於家世的孩子，長大成人以後，我感覺我的個性和他一樣扭曲。

就跟這個國家的人民一樣，明明這皇帝很昏庸，但國民們甘於如此，就因為他們都愛這個皇帝，沉迷於他的美貌以及任性，搶著對他言聽計從，每年皇帝誕辰，全國上下都有許多臣民一擁而入皇都，只為了替他祝壽，看他穿新衣服的模樣，看他站在城牆上微笑，對底下的所有人揮手，然後替他尖叫吶喊。

他坐回太師椅上，拉了我一把，再拍了拍自己的大腿，示意我坐上去。

我自己坐了上去，對於接下來的事，有些緊張。他左手扣住我的腰，右手將另一枝已經沾色的圭筆推了過來。「琉晞，這張圖是為你所畫的。花朵就交給你來上色。」

「藍夜，我不像你這麼會畫圖。」

他捧著我的下巴，用拇指來回摩擦我的嘴唇，坦白說，他這種動作是很讓人焦灼的。

我與他一向都是這樣，他不稱我愛卿，我也不對他多禮。反正我是神殿裡的人，從不是他的臣子，他也不會因為我直稱他的名諱，就降罪於我。

他其實喜歡別人對他無禮，只是在這個國家裡沒有別人敢如此，所以我也不過是順應他的心意罷了。

「你明明就什麼都會，快別裝喬了。」他逕自將筆沾好墨，便塞進我的手中，不再插手書桌上的畫，轉而將鼻息埋進我的髮間，雙手摟抱著我。

我只好拿起那隻筆頭被保養得很周到，依然維持著尖銳形狀的圭筆，開始在枝頭上畫梅。藍色的顏料，藍色的梅，與平常的花鳥畫看起來迥異，但也不能說沒有這種植物，只是藍梅長得太少了，就好像仙物一樣難以取得，全國只有蘇葉神殿，和辰甦宮殿有這種仙樹。

「琉晞，你的身上總是有一股淡淡的麝香氣息。在孤的後宮裡，其他的女人也很香，可是味道太濃了，聞久了總是令孤反胃。只有你，再怎麼聞都不會厭膩，反而感到越來越好聞了。」他在我耳廓邊吐著氣，說著，右手按上我的下腹部，左手則是摸索著，開始解我的衣扣。

「唔嗯……」

他的聲音極為撩人，我總感覺心跳不由得漏跳一拍。

我已經被藍夜碰過太多次，他的手指觸感太令我熟悉，只是這樣輕輕碰觸，就不禁讓我全身熱了起來，藍夜能使我興奮……

當藍夜厚實的手掌覆上我的胸膛，帶有熱度地撫摸著，我不禁呼了一口氣，但是這還不足以影響我的作畫。

我盡力加速作畫，但是不願意讓顫抖或是隨意的手筆破壞了這幅畫的美觀。

「——呼嗯……」

我連筆都有點拿不穩。

「琉晞，孤多麼希望你能長伴在孤身邊……我常感覺，這世上的人都沒能理解我，只有你能，你好像永遠都知道我在想什麼，卻總是很少說出來，這讓孤對你越來越好奇，這樣的好奇心，一年大過一年。」

說完，他在我的頸子邊啃了一口，再向下游移到頸子口，一直到肩頭，以他的舌濡濕打環著，散亂地囓咬、吮吻著。我沒有回應他，只想盡快完成這幅畫。

隔著一層布料，他那四處搔抓的曖昧動作，給我一種沙沙的感覺……

「你同孤打個賭。」

他手指在我乳尖周圍劃圈，把臉靠在我的旁邊，悠悠道：「如果你能完美無暇地將這張畫完成，一滴墨都不灑出來，孤就准你放假一旬。」

不等他說開始，我便再添一筆，此番，已經塗好了五朵，但是眼看剩下的光禿枝頭，以及可畫梅的接頭處，還有十餘處。

「琉晞，你同意孤的提議嗎？」

藍夜呼嚕嚕的笑，含在喉嚨裡，沒有笑出聲，他一條腿頂在我的胯間，用膝蓋在我的雙腿間搔了搔。

「……唔嗯……」

我倒吸了一口氣，已經感到下半身一股子撓癢般的燒灼。

藍夜的腿將我原先併攏的腿輕柔地分了開來，再將我的袍身一角拉起，塞進我的嘴裡，「咬著，別讓它掉下來。」

「呼……」

我咬緊了牙根，忍不住顫抖握筆的右手，真怕墨會因此漏出來。六朵，七朵……我又畫了兩朵，但還剩下十三朵。此時，該沾墨了。藍夜卻把硯台推到我的手碰不到的地方。

我只好回到畫卷上，將筆移到一朵還沒被畫完的花上頭。藍夜把兩隻手都伸進我的衣服裡，一隻手在我的胸上來回逗弄，另一隻手伸進我的內褲裡套弄。

我攢住氣，隱忍吐息，咬住衣角，穩住懸空的手。

「你畫得很美，但是失敗了。」藍夜在我耳畔道。

畫卷上，已經多了一點墨滴。

「只要能躲避孤，你便唯恐不及了嗎？」

他起身，掃開桌上的畫，將我壓上桌面，抵了上來。

「琉晞，孤何時才能得到你的人，你的心？」

我看見他那狀似憤怒，卻又摻雜著悲傷的面容。

他低下頭，吻了我，在我的嘴角邊舔了一口，便埋在我的胸前，一語不發，微微抽搐，熱熱的淚水在我的鎖骨上流淌。

我向下看著他，來回撫摸他的背，輕輕拍他。

第一次認識藍夜，是在我十六歲那一年。

我十五歲進神殿，十六歲時則是第一次來到宮中，為辰甦王室祈福。

辰甦國是蘇葉神殿的地主國，有史以來，除了向神殿徵收薄量的稅以外，一向不為我們帶來其他麻煩，也沒有做過任何無理的要求，禮尚往來下，每逢佳節，雙方都會互相致意。

有兩位地位最高的祭司，負責蘇葉神殿的運轉以及各項行政事務，大祭司秋水帶我前往辰甦宮殿。當時，他去與皇后說話，而我被吩咐不能離開，只有待在御花園裡，百般無聊地閒逛著。

我不討厭花，也覺得御花園很美，只是，御花園裡的花和蘇葉神殿一樣，都是人工栽種的，周遭也都是雕樓畫棟，這類似的場景令我感到厭煩。

就在我閒得發慌的時候，忽然有一瓣藍色的花朵自空中飄了下來。這棵梅樹生得不高，可是地上的落絮居然是藍色的，枝頭上的梅花也是藍色的，我發現這梅花的品種，極為可能是自蘇葉神殿流傳出來的，就在我想上前去仔細觀察的時候，卻聽附近的樹叢有些奇異的聲響。

「夜……不可以……你與我，本是姊弟……」

「姊弟又有何不可？蘇葉神和摩拿神，不也是兄弟？」

「所以這是錯誤的……從上古的創世浩劫起，他們就分家了呀……啊！」

聽見這些對話，我不由得汗顏了。我也知道某些貴族的行為是令人費解的。

就在我放輕腳步，轉身想離開之時，卻聽一少年提高了音量，自那樹叢後方道：「我不知道你是誰，可是不要多嘴，把你今天聽到的說出去了，聽見了沒有？」

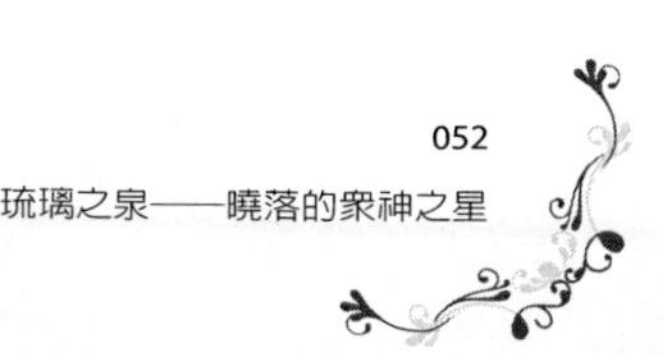

我沒回答他，便逃走了。

後來，我開始為了祈福祭典的事情做擺設。蘇葉神的力量是陰性的，祂的代表星體是月亮。如果是信仰摩拿神的人，就必需擺設日石，摩拿神代表陽性，代表物是太陽。

我將月石放上事先布置好的祭台以後，唸了一段祝詞，才開始舞蹈與歌唱，請求蘇葉神為我開啟天聽。

當祭台上的月石與我身上的月石光芒相互應和，我渾身一震，腦海中開始依序掠過模糊的畫面。銀色的天河，藍色的星芒，清冷的夜……

祭典結束後，秋水來問我究竟看見了什麼。我照實答道，當時，全場的人都很吃驚，皇后聽了則是顯得很生氣，嘴上喃喃道：「就憑藍夜那個傢伙？怎麼看都是聰明的大皇子比較有希望，看來蘇葉神殿也有不準的時候。」

在那之後，皇后就因為不明的原因暴病而亡，至今都流傳道，由於皇后對蘇葉神出言不遜，因而受到天罰死去。

在我的祭舞結束後，人們紛紛自御花園離去，回到自己的崗位上工作，惟有一名少年來到我的面前。

那人身材修長，看上去特別削瘦，藍灰色的長髮在月光下熠熠生輝，他的神情，卻又令我不寒而慄。接著我才知道，原來他就是藍夜，他是辰甦國的二皇子，相傳他是性情乖戾、不被看好的皇子。

「你有什麼企圖？否則為什麼要幫我說話？」

聽他說話，我終於知道，他就是那時候叫住我的人，原來在樹叢後方偷情的人就是他。

他那銀灰色的一對眼，在黑夜裡放著冷光，直勾勾地看著我，特別令我感到不安。我從來沒有對一個陌生人這麼不舒服過……我試著調適自己的心情，與他和緩對話。

「蘇葉神不說假話，神諭不會出錯。」

藍夜聽了，先是挑眉，接著很不客氣地笑了，「哈哈哈……哈哈哈哈！」

「什麼事情這麼好笑？」我不解地問道。

「沒什麼……」

藍夜竟然笑得眼淚都掉出來了，他平撫了一下自己的情緒，這才道：「我這個人一向不信神，可是連神都站在我這一邊！」

「倒是你……」藍夜握起我的一搓鬢髮，先是放在月光下打量了一會，再湊到鼻前吸了一口氣，「——你讓我有興趣了。」

這話頓時牽動了我臉部的筋肉。就算沒有鏡子，我也知道自己現在一定苦笑了。「謝謝殿下的賞識。」

他看了我一眼，眼底盡藏詭異，似乎對我的答覆相當不滿意。我猜，他也許在想，我怎麼沒有露出半分欣喜的模樣？事實上，我的未來早已決定好了，所以我對於他到底賞不賞識我，並沒有興趣。

「既然天命在於孤王，那麼孤王便會放手一搏。」

藍夜又瞥了我一眼，饒富趣味地一笑，「高祖就是靠讖諱之學竄來的位子，辰甦王朝一直都很相信占卜，屆時我若能順利登基，你功不可沒，我不會虧待你的。」

「我並不需要你給我什麼好處。」

「……你的腦子比我清醒得多，也比這個國家裡大部分的人還要清醒多了，也許正是因為你不是這個國家的人的緣故。『你是神的人。』」

他細聲說完，又抬眼看我，道：「孤王知道你不需要恩惠，但孤王施予恩惠，一向也不管別人是否需要。」

「這樣做，有什麼意義嗎？」我笑道。

「沒什麼意義，」藍夜聳肩，「不過我喜歡罷了。」

「越是像你這種淡然的人，我越想看你對我臣服，看到你後半輩子，失去孤王就變得活不下去。」

聞言，我不置可否地笑笑。

五　神祭縫製的紫花祭袍

蘇葉神殿的圖書館中。

「你不是說，你是新進的嗎？那麼要來這裡的圖書館查資料，一定很辛苦囉？」

我是燕麟。

如先前所述，我正抱著一疊書，坐在大桌子前，一本又一本地翻閱，以確定這些究竟是不是琉晞所開的書單之中的書。

易華坐在我的身旁，以手托著腮，看起來有些無聊，正在與我搭話。

坦白說，我不太想搭理他，因為琉晞形容的書，內容總是有些抽象，例如「預知生死時間的書」、「改變他人心智的書」之類的……我連分類都不清楚，看到書名有點關聯的就全拿過來了，不然我找書全然無方向可言，真怕一回去又要被琉晞罵，誰叫我以前非禮過他！

「神官小姐？你還好嗎？」也許是見到我沒有答話吧，易華又問了一聲。

「對不起，我沒什麼頭緒，很難分神再應答您，對不起……」我忍住脾氣，儘量恭敬地告訴他，但我的話裡其實已經隱藏了要他快點滾蛋的意思。

易華眨眨眼，不知道是裝作聽不出來還是怎樣，顯然一點都沒有離開的意思。

他隨手撈過我面前的書，還有我手上的書，親切地笑了一下，「我看你的樣子很不熟練呢，以前沒有做過這種檢查書目的事情嗎？不嫌棄的話，就讓我幫忙吧。」

他一邊說，一邊快速翻閱著，轉眼間已經把四、五本書疊了上去。

我問：「請問一下，這些書正確嗎？」易華快速翻著書，回應道：「不，你全挑錯了。這本的書名看似與生死時間有關，但裡頭其實是在講述靈魂電磁波的，這種書如果交給神祭大人，可是會讓他很困擾啊。」

「……」

我好不容易才找到的書，啊啊……

最後，易華把所有的書全都疊到了同一個位置，再把書單放在最頂一本的封面之上。他轉過來看著我，說：「不要洩氣啊，神祭大人既然會挑上妳，表示你一定有過人之處。要不是看見你笨拙的模樣，我還以為你說你是新進來的，這是在唬我呢。」

「啊？你為什麼要覺得我在唬你？我這個人最誠實了，說話總是對得起良心！……呃、我的意思是，像易華大人，身分這麼重要的人，我怎麼敢誆騙您呢？呵呵……」

該死的，剛剛一個不小心說得太激動，差點露出本來的聲音來。

我立刻拔高了聲音，想辦法讓自己講話像女人一點，不然真是幾尷尬的，又不好解釋啊。

為什麼我要對著一個基佬扮女人？為什麼這個人一直來跟我裝熟？

易華說：「因為妳的官袍。」他指向我的胸前，「在妳的胸線處，繡有淡淡的紫花，這是二等官袍，意思是在這神殿裡，妳的地位僅僅次於神祭大人，也就是說，妳是與兩位大祭司平起平坐的，普通人如果要坐到這個位置，少說也要花個五、六十年吧？所以我真是不敢相信你居然只是個新進的人。」

易華的話頓時讓我詫異了。我立刻捉起自己胸前的衣服，看了半天，可是卻什麼花紋都沒有看到。

「那裡可能不方便妳觀看吧？不然，妳看看自己的裙身，在大腿側的車線上也有淡淡的紫痕。」易華又指了指我的大腿。

我連忙撩起裙子開衩的部分看了一下，湊到視線極近之處，終於看見了淡淡的紫芒。

天哪，易華這是什麼眼力，居然能看見上頭有顏色？在我看來，這充其量不過是一套最普通的白色女裝罷了。

「這是『靈視』才能看見的特殊刺繡，是琉晞優待你的象徵。很快地，當你體內神的力量覺醒以後，你也能使用你的靈視，同時，你會記得我、親近我。」

易華伸出手來攬攬我的肩膀，這個動作未免也太過親暱，頓時讓我傻眼了。

對了，他從剛剛就一直對我這麼熱情，現在還攬我的肩膀，該不會是以為我真的是個女的，所以想泡我吧？啊啊……天哪……

『蘇葉神殿排斥男人，這是天界有名的，否則你輕則被閹割，重則大辟，好不容易與你有了點交情，我可不忍心看你被如此對待。』

在我耳邊說完，他退回原來的位置，先是摸了摸我的臉頰，接著捏了一下。

我連忙伸手過去，「啪」的一聲，拍掉他的手。

易華縮了手，又笑著說：「我還以為女神官們全都很溫柔、優雅，沒想到你是個例外啊。」

「我說過我是剛來的呀——」我也笑著跟他打哈哈道。

易華拉開椅子，起了身，向我輕輕鞠躬，「燕麟，今天很高興能與你說話。接下來我有事，很遺憾不能再與你多相處了，但我會期待我們之間下一次的相遇。」

我哧之以鼻道：「你對琉晞也是這麼說，我大概不會相信你了。」

「那是因為你們兩個都有讓我期待的價值啊。」

他說完，又拍了拍我的肩，我想再打一次他的手，但他這次的速度快得多了，沒能讓我抓到。

他將椅子靠上桌緣，就以緩慢而優雅的速度，悠悠地離開了，整間圖書館的大理石地板上，迴蕩著他腳踩的短靴踏過的規律聲響。

我目送他離開，而偌大空蕩的圖書館之內，再度只餘下我一人。

而後，我正對回面前那一堆被易華檢定為不合格的書，終於忍不住趴倒在桌上，自顧自地哭嚎道：「天哪，我真不想再去找書！誰可以來幫幫我？」

我是琉晞。在皇宮一整天了，我感到身心俱疲。

當我再度被送回神殿的時候，正好是神殿眾人們開始工作的時候了。

我來到自己的房門外，稍微聽了一下，卻沒聽見任何聲響，難道燕麟不在嗎？

開了門，穿過房門邊設下的層層簾幕，我卻見到一個白色的人影趴睡在我的書桌前面，旁邊還擺著一疊書。

我放輕了腳步聲，來到燕麟的身邊，信手拾起幾本書，端視一會兒，似乎都是我要的內容，而且是我不曾看過的書。

想不到燕麟頗有天資的，我本來以為像他這麼笨的人，這麼點事情都做不好的。看他現在睡得這麼熟，應該是在圖書館裡折騰了好一陣子吧？畢竟那裡真的太大了，活像個迷宮似的，分類裡又總是放錯書，就連我都不見得能在裡面找到想要的資料。

「呼……唔……」

燕麟正在熟睡的期間，還皺了一下眉頭，該不會就算在夢裡，依然繼續在書海中載浮載沉吧？我將掌心覆上他的額頭，沒過一會兒，他的表情就舒緩多了，我將我身上的披風解了下來，披到他的身上。

說來也奇怪，這個人明明第一次見面，就先輕薄了我，而我非但不討厭他，反而還有種莫名熟悉的感覺，就好像……這個人其實從很久以前就和我認識了，而且一直以來都與我每天在一起……

身為神祭，我的靈感一向很準，燕麟與蘇葉神之間有關聯性存在，而他與蘇葉神的關聯，便也是與我的關聯了。

「……琉晞……」

燕麟忽然喊了一聲我的名字，嚇到我了。但仔細看看，他還是那一臉酣睡的模樣，難道他夢到我了嗎？

「嗚……別、別罵我……」

燕麟夢囈道。

……

原來，他並不是在書海中載沉，而是正在夢中被我痛罵嗎？

六 鏡湖謐會

「燕麟……燕麟……」

迷濛之間，我感覺到有人在搖動我的肩膀。

艱難地，我自一片稀里嘩啦的睡夢中醒來，睜開眼，眨了眨，模糊的視野逐漸清晰，只見一張乾淨而美麗的容顏，正對著我，翠藍的髮絲垂在額側，還有一對冰亮的明眸裡正映照著我的倒影。

我的第一個反應就是，不由得一把抱了過去，把這樣像是女神一樣美麗的人兒整個揉進我的懷中，呼吸著他身上的芬芳。

啊，好軟好細的腰，好香的味道，一時間，我不記得他昨天到底罵了我多少，我只知道他是個尤物。

「啪！」

可是接著，忽地一陣辣痛，我的頭頂奇辣無比，稍微摸摸，這才發現我的頭頂居然腫了一個大包，嗚……

「怎麼這麼早就在睡覺？」

琉晞也沒再出聲責怪我，只是像個老媽子一樣地巴了我的頭，而他的力氣竟是出奇地大，居然能一把將我從椅子上拉起來。

我靠著椅背，勉強站在琉晞面前，早起的倦意還有早晨在圖書館之內奔波的疲憊一併襲上，連眼睛都睜不開了，現在的表情也許帶賽到不行吧？

我本來以為，琉晞光是針對我臉部表情不雅，還有一大早就睡懶覺這兩件事，就足以責備許多了！

反正我也不懂他找我麻煩的標準何在。

想不到他很罕見地對我笑了一下，「燕麟，你來這裡還沒有機會認識環境呢，不妨我帶你四處看看？」

「啊？」

我已經幾乎要把長得太過美麗的琉晞當成女人……就算我看得出來琉晞沒有穿女裝，至於他的長髮嘛，美則美矣，外頭也還是有許多男人綁成這樣飄逸的髮型，再加上人類的美本來就是中性的——可我對琉晞還是會多幾分心軟，就像我平常對待女人那樣。

意思就是我每次看到琉晞，總是會胡思亂想就對了……

直到他對我的態度變好以後，我看他的眼神才多了幾分屬於同性的交誼與敬重。

可是琉晞沒有理由態度忽然變得這麼好，我怕禮多人必詐，事情有鬼，便再問了一次：「你說——你要帶我逛逛這附近？」

「是啊，這裡將是你長期居住的地方了，我帶你四處走走，難道不對嗎？」琉晞很稀鬆平常地回答我。而他那「長期居住」四字，令我不寒而慄……

「你不要的話，我也不勉強你。」琉晞才說完，果真就轉過身去，我不知道他是不是真的要離開，反正我隨即抱住他的手臂，大叫著說：「別走別走，拜託琉晞大人帶下官出去四處認識一下，拜託啦——！」

「……」琉晞起先沉默著，我還以為他又生氣了，可是他回過頭來，眼波裡竟帶有幾分笑，有種婉轉的美，我看得都要忍不住痴了……

「你是被關壞的動物，想出去放封嗎？哈哈哈……」琉晞笑的時候，口氣裡帶幾分清俊爽朗。

「看在你請求的份上，我帶你去。」

琉晞的口氣依舊很自以為是，不免讓我對他的喜愛打了點折扣……可他本來就身分尊貴，他的確有資格對我如此啊，我還能多說什麼呢？其實被他怎樣對待，我都甘之如飴。

琉晞兀自拾起桌上的頭紗，替我覆了上去。

自頭紗裡看著琉晞，顯得琉晞整個人都有些迷濛，多了種說不出的神祕感。當琉晞調整好頭紗以後，我的視線又恢復得與以往無異了，剛剛多出來的幾分醉神浪漫之感，也隨之彌平，對我來說有點可惜。

「等等出去的時候，維持好你的偽裝，不要被人識破了，否則……」琉晞說著說著，竟強勢地捏住我的下巴，把臉湊了過來。

氣息之近，我能感覺到他的鼻息，呼吸到他身上淡淡的麝香氣息，而他的一對桃花眼，貓一樣地睜視著我，令我暗暗心驚。

我本來就對這個澹泊中帶幾分自傲的人有強烈的興趣，如今，直對著他的雙眸，看著他的瞳色，綠中帶藍，甚至帶點琥珀色的流轉，一時間，我好像要被他吸進去了般，難以自拔。

「扮作女人一旦被發現，會被當作變態，你勢必得承受鞭刑、去勢、水刑……」

「呃……你放心！我一定會把面紗遮得嚴實，絕對不會曝光……」

琉晞看似滿意，點點頭，「隨我來吧。」這才悠悠地擺了手，揮灑白色的水袖，踏著仙風的腳步往房間門離去。

一路上有非常多女祭司路過我的身邊，都紛紛向琉晞致意，接著再向我鞠躬問安，其中不乏看見許多身著華麗、手持寶器的高層神官。

看來，易華所言不假，多虧琉晞，我在這神殿裡的身分竟是一步千里！可是易華身為異教徒，他為什麼會對這間神殿的制度這麼了解？這是我所不懂的。是因為摩拿神殿與蘇葉神殿關係匪淺嗎？還是易華知識淵博呢？

「啊……！」

「大祭司大人……饒命啊！……啊——！」

就在我思忖之時，一連串淒厲尖銳的女子哀嚎聲，劃破天際，刺耳地直衝進我耳鼓中，不由得拖慢了我的步伐。琉晞瞥了我一眼，一個蹙眉，示意我繼續前進，但一向行俠仗義的我，最不容許女孩子被欺負的事情發生，腳步硬生釘在原地，我試圖窺視那不遠處的景象。

「那是神殿的鞭刑。」琉晞說著，竟也停下腳步，撥開他身旁的樹叢。在那對面的，是一個女人，身著粗麻血衣，跪在地上，而兩名衣著高雅的男神官正一前一後的鞭笞著她，那情形可真是慘不忍睹……

「她是有罪在身的祭司，你不該多管閒事。」琉晞說。

他話才落下，我果真聽到一連串皮鞭揮動所拉出的風迴聲。緊接著，又是「啊！」、「啊——」一次次怵心的慘嚎。

「快走。」琉晞又低低地催促了我一次，我這才恍若初夢醒來，急急提起腳步，跟隨琉晞揚長而去。

我想起易華的話：兩位大祭司。

那兩位難道就是與我平起平坐的「兩位大祭司」嗎？

冬日的景致瑰麗，蒼白的空，高而廣闊，幾隻大雁高飛而過，帶點說不出的蒼涼勁味。後頭有一排光禿禿的樹，剛勁的樹幹與枝，黑色的稜影在冬空之下顯得特別有對比性。

前排的景緻卻截然不同，是一幅新生的春景。

樹影參差茂密，樹葉蒼翠，葉間縫細被穿透的陽光灑得一閃一閃，粉紅色與紅色的花樹各自怒放，低處的矮花叢顏色也十分五彩。

不過周遭的花景都不算什麼，面前一口紺碧大湖最能吸引我的目光。

那一口湖深不可測，綠色的湖水有幾分琉晞的味道，金色日光在波瀾蕩漾的湖面上更顯耀眼，水面下光影粼粼，變化多端，美不勝收，還隱隱能看見幾尾魚影潛形而下，至於平靜的湖心遠處，還有一對姿態優雅的雪白天鵝正在閒情優游著。

「這裡富含靈氣，是絕佳的地脈。俗話說：『面由心生』，這心卻是由氣所生的，這裡的美景足以證實這些話的真實性。」

真不愧是學富五車的琉晞，就連介紹一口湖，都能說得這麼頭頭是道。

他娓娓介紹道：「這裡是神殿的鎮殿之池『鏡湖』。鏡湖蘊含的大量靈氣，使得這裡成為每年一度的祭典重地，可是神殿的私下祭典情形，外界無法得知。在十年一度的祭典第十日，鏡湖也會開放給二十歲以上的普通民眾進入觀禮，可惜你今年無法看到呢，哈哈哈……」

「……」我決定直接忽略琉晞語尾對我的暗諷！

我對這座湖有沒有任何作用倒是不太在意，我只知道，這湖邊的景色真美，足以挑動我作為一名文藝青年的心了！

我不斷四處張望著，只見視線每掃過一處，景象就煥然一新，掃視過多少次，就是多少次不同的景象，看似普通的鳥語花香，卻帶著神賜的美感……就像琉晞一樣，說不出的完美，說不出的極緻，只可惜，他這個人反而不如一口湖那麼平易近人。

「你看起來很高興的樣子？也對，以你的個性，不該只是被鎖在神殿之中，更應放你去縱興遊覽才是。」

琉晞三兩步走來，手上一晃就是一對杯子憑空而現，裡頭已裝滿了淡粉色的液體。「哪。」琉晞遞了其中一只半透明的骨瓷杯給我，我疑心地接下，朝杯裡喝了一口，「這不是香檳汽水嗎？」我舔舔嘴，一個皺眉，忍不住抱怨道。

琉晞也跟著喝了一口，微微揚起眉，笑了一下，「可我的是真正的香檳。」他炫耀地說完，看見我怨懟的眼神，便對我攤了手，「有什麼辦法？法律有規定小孩子不能喝酒啊。」

我無言了！好吧，雖然我不是什麼小孩子，但我也必須承認自己其實沒有很喜歡喝酒。

反正我不討厭香檳汽水，便一口氣把那葡萄口味的汽水全灌下喉嚨，真是暢快。才剛喝下，手上的杯子一個閃光，已經消失無蹤。我驚訝地望向琉晞，只見他手上的杯子也已經不見了，大概又是被他變不見的。未免也太過神奇，他簡直像個風雅的幻術師。

轉眼不見，琉晞已經來到我的面前，拉住我的肩膀，臉面一湊，他的唇頓時接上我的唇。

琉晞的舌撞開了我的牙，我情急之下一個張口，淡薄的酒味一時間全送進我的口腔之中。他好像怕我喝得不夠般，甚至自己將小舌帶著酒一起送了過來，甜甜的舌在我口裡刮了一圈，令我尷尬得只有一陣延燒至腦門的躁熱。

「咳咳……咳！」

等到琉晞退了出去，我驚惶未退，還嗆到了。幾口口水吞下，我安撫自己不停亂跳的心，以乾啞的嗓音罵道：「琉、琉晞，你幹嘛……忽然這樣！」我想說的是，你是有意要挑逗我嗎？想讓我強姦你第二次嗎？不然，為何要忽然這麼做？

琉晞看見我臉色難看，先是假情假意地幫我舒了舒背，接著面帶嘲諷地說：「一喝就臉紅，小孩子果然就是不能喝酒啊。」

問題根本不是這個！而且是什麼讓我臉紅的，你心裡難道會不清楚嗎？

算了算了，好男不跟女鬥，最主要也是因為我鬥不贏他，既然被他偷香，我就十分榮幸地自認倒楣吧。

「看你面有難色的樣子，卻始終沒有回手？難道你甘心吃這個悶虧嗎？」琉晞這時又挑動眼色，對我一語。

我無奈，一個回頭去看琉晞，琉晞心有提防，霎時靈巧地退開步伐，但我一個箭步上去，靠近他，便抓住了他的肩膀，琉晞提手，有防禦意味，可能以為我要找他幹架，但我偏偏反其道而行，往他的唇上也送了一吻。

琉晞藏在面具下的面容，看不見神情，但我能隱隱感覺到他的驚訝。

我將他整張唇都吻住，不過我沒有琉晞這麼露骨，學人家喝什麼夫妻酒！我不過是輕輕一吻，便退開了，因為我也很怕自己如果再逾矩，就會被琉晞處罰。可是，不過是輕輕吻了一陣子，我就感覺到琉晞軟軟的唇又香又甜，還有他身上散發的沁香，使我整個人舒爽非常。

與他相比之下，我真的不算什麼，親琉晞才算是真正的偷香，就算因此被處罰，也很划算吧。

但過了一會兒，琉晞都只是站在原地，不發一語，讓我心生擔憂。

「你、你不打我嗎？」我等到退得遠遠的，才這麼問琉晞。

琉晞緩緩轉過頭來看著我，「為什麼打你？是我唆使你來報復我的，如果你只是以牙還牙的話，倒也沒什麼。」

說完，他隨手抽出一條絲絹手帕來，擦了擦自己的嘴角……這個動作令我受傷。好吧，琉晞既然在擦嘴，我也趁機往自己的唇瓣上舔了很多口，多嚐點琉晞的氣味。

琉晞看了一下腳邊的草地，若有所思著。良久，他才又抬起頭來，開口道：「……燕麟，你今天的工作已經結束了，可以先回去休息。」

「啊？」我一時間無法明白琉晞的意思，難道他這麼體貼，知道我很累嗎？

琉晞眼神一凜，道：「我還有事要處理，你可以先離開了。」

但我不是那種近似秘書的工作嗎？你有事要處理，我更應該待在你旁邊吧？

雖然我有點想辯解，但既然琉晞有他的工作要做……事實上，我更怕他心念一轉，再次生氣。總之，我也只能照他所說的，乖乖離開吧？

於是我訕然離去。

只有到了被琉晞趕走的時候，我的心裡才油然升起一種，其實自己還是很想待在琉晞身邊的感覺——哪怕只是在遠處仰望著他也無所謂，反正，我不過是抱持著一種最單純的想法，也許是對美的想法吧？只要能繼續汲取這樣沁人的芬芳便好，琉晞就像是一朵香氣四溢的白花一般，本來就是可遠觀而不可褻玩焉。

可惜，也許在琉晞的眼裡，我永遠只是個卑微的粗人，是一個不配存在他眼裡的登徒子吧？

「燕麟。」

就在我即將走遠之時，背後忽然又傳來一聲呼喚。這是一種不流於女氣，卻也不至於陽剛的淡甜沙啞聲。

我立時被那樣的喚聲凍住腳步，回過頭來看琉晞。琉晞也看著我，然而表情卻怔怔的，好似在擔心著什麼，始終沒有說出來。

這樣抑鬱的樣子，頓時令我揪心，我還寧可他繼續像昨天那樣侮辱我呢。

我加快腳步跑回去，來到琉晞的面前，下意識攬住他的雙肩，儘量放柔聲音地問道：「你有擔心的事情嗎？」

琉晞比我還要矮了一點，在極近的時候看我還需要抬頭。他看著我，仍舊是一句話都沒說。

我忽然想起自己失禮的動作，想把手抽回來，可是琉晞卻自己伸手到肩膀上，按住了我其中一隻手背。

「……」感受到他微涼的掌心，我握住他那只五指青蔥的手，忽然心有所感，便道：「——無論如何，我會保護你的，所以你不要擔心，好嗎？」

這話出得很莫名其妙，就像我上次亂說預言一樣，全是沒來由的。我怕琉晞會覺得我這個人幹嘛亂講，琉晞的反應卻出乎我意料。

「——我不明白，你這種人為什麼會懂得我的心思。」

直到現在，琉晞終於說話，「你這種人」四個字頓時讓我大受打擊，但接下來，琉晞卻緊接著道：「可我發現，我不討厭你這麼笨了，反而有點喜歡這種感覺。」

琉晞的話一時間令我的心又上又下的。我不明白他剛才是不是在稱讚我？

最後，他撥下我放在他肩上的手，「好了，你真的可以走了。」他冷冷地道。

唉，好不容易我又回來了，就不能再讓我多陪陪你嗎？

還沒等到我說出這句話，琉晞卻自己先掉過頭。

我想要再追上他，琉晞的腳步始終保持著同樣的速度，然而他的背影只有與我拉開越來越大的距離，最後竟在不知覺間消失在我的視線之間。

七　宓憐國遊記

被琉晞趕走以後，我在神殿裡人生地不熟，沒有人好說話，也無處可去。其實蘇葉神殿有不少地方可去，風景也各種美麗，在閒逛多時以後，最後我卻只能茫然地在圖書館裡坐下來。

圖書館裡又大又舒服，空氣流通，室溫涼爽，還有自然陽光自玻璃屋頂流瀉而下，每張大桌子前都坐著一些正在埋頭苦讀的女祭司。

不過我畢竟不是讀書的料，就算讀書條件再好的位置，我看到書也只會想睡覺而已，更何況這裡的庫藏書全都是神學、風水、星象、讖諱之類亂七八糟的東西，我連基礎都沒有，要怎麼閱讀這些進階的東西？

所以不論借了什麼樣的書，我都只是做做樣子，在那裡百般無聊地翻閱著罷了。翻到其中幾本書的時候，居然還有些紙條從書頁裡掉出來，上頭寫的是綿綿的情話……怪了，這神殿裡不是只有女人嗎，那這些情書到底是？……算了，真相總是殘酷的，我要的是美不是真相，還是別去深究的好。

我在圖書館裡看了一會以後，最後決定把書全部還回去，不要再待在這個地方了。就在我走出門口的時候，卻再次遇到那個高挑的黑色身影，這時他的身邊還圍繞著三、五個女祭司。

這不是易華嗎？我看見他眼尾帶笑，應接不暇的樣子，心裡真是羨慕又忌妒。原來異教徒在這裡也能很吃得開，人長得帥就是比較不一樣。

易華不知道是什麼時候看見我了，向那些女祭司們說了幾句話，她們就各自散去了，其中還有幾位一直往我這裡看過來，我低下頭，故意別對上她們的視線。隨即，易華緩緩向我走來。

「燕麟，又見面了呢。」他笑著說。

「是啊，又見面了。」我看了他一眼，沒看見他手上拿著書，看起來也不像是要進圖書館的樣子，那他幹嘛出現在這裡？我試探性地問道：「大人真有求知慾，又要來圖書館看書嗎？」

易華搖搖頭，直道：「你叫我的名字吧，你這麼恭敬，害得我很彆扭。」說完，由於身高差距的緣故，他微微彎下腰來，對著我道：「我不是要來看書，我只是覺得你會來這裡，所以想來碰碰運氣罷了……你看，果然遇到你了，我的靈感其實挺準的，對吧？」

我嘖了一聲，對他拍拍手，「你真的好厲害，猜得好準……可是我其實只是沒有其他熟悉的地方可去，只好先來這裡罷了。」說完，故意忽略他那看起來有點可憐，好像被我傷到一樣的表情，我問他：「你來找我，有事嗎？」

易華搖搖頭，說：「沒事不能來找你嗎？我以為我們已經是朋友了。」

易華的個性不如表面上看起來這麼紳士，實際上是個裝熟魔人嗎？我轉了轉眼珠，現在的表情可能有些怪吧？

所以易華此時嘴角正偷偷抽搐著。

易華忽然拉起我的手。

我「欸」了一聲。

他說：「你不是很無聊嗎？既然這樣，我招待你出去玩玩，好不好？」

對著我疑惑的眼神，易華說：「我知道來日方長，但我怕你是琉神官身邊的紅人，未來很少有機會再這麼清閒了，趁現在找你出去培養感情，難道不好嗎？」

呃，培養感情當然不會不好，只不過比起琉晞，易華的提議對我而言，就沒有這麼大的吸引力了。

因為琉晞是個美人，只要待在美女的身邊就會令我一陣滿足，雖然琉晞不是美女。

易華之於我，可就沒有什麼利害關係了，我總不會對著易華抱持著「一親芳澤」的想法。

我還沒答應他，易華就說：「現在，你牽著我的手，閉上眼睛……」

事出突然，我也沒多加考慮，立刻照著他所說的去做，閉上雙眼，同時也攢緊了他的手。

「一、二、三……」

「好了，你可以張開眼了。」

易華的話語落下，我一張開眼，只見眼前的景色居然全變了！

腳下踩起來虛浮而不踏實，一扭動腳跟，只見我所踏之處是一大片軟沙。面前是一片黃沙景象，兩側有一排又一排的椰棗樹，抬頭一看，則是一點雲都沒有，一整片連貫的、藍得未免也太過不真實的天空。

一感受到這空氣中過分的乾熱，我搓了搓自己沒有被衣服還有手套包覆到的手臂上部，易華接著便把他的披風解了下來，蓋到我的身上。

「哎呀，對不起，我忘記幫你準備一份斗篷了。」

易華還是那一貫的笑容，看不出什麼歉意。我也沒對他多說什麼，只對面前的景象很是興趣。

「這裡是哪裡？」

「這裡是我的家鄉，其實我已經離開很多年了，能夠因為你的緣故再回來一次，感覺也很不錯呢。」易華說完，忽然勾了我的手。

我不解地望向他，他說：「你看街上到處都是成對的男女，我們如果不那樣，不是會很奇怪嗎？」

「可是我們兩個都是男的，有必要這樣嗎？」我說。

「有什麼關係？你就當作我幫你減少大家的注意力啊，否則你穿得那麼好看，會引起大家的好奇的。走吧，我這就帶你四處逛逛、解解悶。」

說話的同時，易華已經帶著我往路上走了。

我真的很不習慣踩沙子，走路總是會有種踩空的感覺，一抬起步伐就覺得地板軟軟的。

經過的行人不論男女，身上都披著各色的披風或是斗篷，穿著很有異國風情。

眼前所見的房子都是圓頂的而且白色的石屋，又矮又寬；沿途有商店林立，掛在前頭的商品琳瑯滿目，大多是些顏色鮮豔的水果或花束，令人看得眼花撩亂。

易華四處張望著，看似對什麼商店都有興趣，卻又不曾去靠近任何一家商店，過了一會，他在一間樸實無華的店面前停了下來。

「燕麟，我請你喝飲料好不好？」易華對我說。

易華走向店家，向店裡頭的人說了一些我聽不懂的語言，語速很快，而且句子的構成聽起來很複雜，疑似是拼音語系。

我傻愣地站在一邊，只是聽著易華說著那些話。

在這同時，從我身後經過了兩批人，先是一批婦女們率先停下來，一同朝我雙手合十地膜拜，等到她們離開以後，另一批全部由男人組成的小團體，則是一邊路過，一邊朝我吹口哨，而我忍住很想衝上去與他們鬥毆的衝動，目送他們離開。

「忘了告訴你，在摩拿宗教裡，婦女有在路邊向女神官膜拜的習慣，同時，因為女祭司一向十分受歡迎，在這裡也是男人們炙手可熱的對象。」易華向我笑笑，再次勾住我的手臂，「看來不把你顧好的話，有點危險啊。」

我對他翻了一個白眼，對他撩起手臂的袖子，並作出一個「我很想打你」的眼神。

「別這樣嘛。我只是對你實話實說啊。」他換了一個語氣，接著道：「不過，除了我以外，你出門的時候別接受別人的飲料。是女孩子，總得保持一點矜持嘛。」

易華這一連串老媽子碎碎唸讓我暈頭了。要不是我正在等飲料來，我可能會選擇轉身就走。

我說：「你不是知道我是個男人嗎？怎麼還會對我有這些顧慮？」

「因為我關心你啊。」易華理所當然地這麼接話，讓我嚇了一跳。

隨後，他又說：「你也別以為自己長得很普通，或因為你是個男人，就放鬆戒心了。難道你不知道惡徒們大部分關心的都不是外貌嗎？更何況，其實你長得並不差，戒心又低，相對地，遭遇危險的機率就比較高。」

「你真的很煩耶……」我忍不住向他抱怨。

易華聳了聳肩，這時終於有兩顆椰子遞了過來。

易華伸手接過以後，遞了一顆給我，「喝喝看吧，很好喝喔。」

易華眼波帶笑地看著我，伸過手來，以食指抹去我嘴角邊濺上的飲料。

「我怎麼覺得喝起來有點不一樣？」我喝了幾口，嚐到一絲青草的味道，以及其他香料植物的氣味，味道甜中帶點清涼。

易華向我解釋道：「這是特殊配料的椰子奶，有助於身體健康。我從小到大都在喝這個，從來沒有膩過，也想讓你喝喝看。」

原來他會想請我喝，是因為這種飲料有助於健康的緣故啊。「那你下次也讓我有個請你的機會，好不好？」

「可以是可以啦。」易華湊到我耳邊，低聲告訴我：「只是你不可以在這裡請我喔，因為這裡的風氣還不很開放，不歡迎女性在街上消費，因為當地人認為這是讓女性在外拋頭露面。」

這種怪異的風氣使我感到有點驚訝。「這算什麼啊？壓抑女性嗎？……那琉晞這種長得像女人的男人，要如何是好？」

易華一聽，竟低低地笑了出來，「哈哈哈……你說琉神官嗎？是啊，如果是他，的確會遇上一點麻煩呢。不過這裡會有這種習俗，最主要也是因為很久以前，治安不好的緣故。也許你可能會不相信，但是這其實是一種保護女性的辦法啊。」

我們又走了一段路，平日不喜歡走路的我，今日竟感到路程十分愉快，因此不厭其煩地行進著。一路上，易華說了很多關於這個國家的事情，我對這個神祕的、同時混雜著東西方色彩的國家，更加心生傾慕與好奇，可是易華似乎有意無意地一直沒有提到這個國家的國名為何，也許是不想讓我知道他到底是哪一國的人吧？我也不打算再多問，反正這麼美麗的國家，一定是世界聞名的，遲早我也會知道。

偶而我會聽到路人在談論我的母國辰甦國，但是只聽得懂國名，聽不懂他們談論的內容，而且他們的語氣總是不太好。

除此之外，還有神祕的音樂聲始終伴隨在我們身後。

我不清楚音樂的來源，只覺得這音樂十分美妙，悠揚的調子，深遂的多重伴奏，時而接續男男女女的合唱聲，曲子一首接著一首，每一首都與這個國家的國情一樣，神祕而美麗。絲竹聲時遠時近，但時時都能聽得很清晰。

依我之見，沙鈴、七弦琴、小鼓可能都在樂器之列，古老的民族樂器合奏出的音色都很美，可是聽得越久，我再也聯想不出這些層層疊覆的伴奏是靠著什麼樣的樂器彈奏或吹奏出來的。

這時，易華再次停了下來，卻是停在一個首飾攤前。易華一停下，本來對這些小東西沒什麼興趣的我，也只好跟著駐足，隨便看看。

見到有客人來了，一名蒙著面紗的夫人從店裡頭走了出來，向易華說了一些話。易華把我拉過來，稍微指了我一下。那婦女雖然蒙著面紗，但她看著我的綠色眼睛裡帶著笑容，所以我知道她正對我釋出善意，於是我也對著她笑了一下，而她朝我點點頭。

易華首先從小桌子上拿起一條紅寶石項鍊，項鍊的鍊身是銀製的，上頭還綴了些碎金子，造型奇特，華貴而美麗。易華拿起項鍊以後，隔空朝著我的頸子處一比。見狀，我說：「怎麼了？」

「我想買點紀念品送你。」易華有時看著我，有時則是看著這條項鍊。

那名蒙面的婦女站在一旁，幾哩咕嚕地說了一些話，易華聽了，便咯咯笑出來。我問道：「那位小姐說了什麼？」

易華說：「她說，我們兩個的感情真好，問我們什麼時候要結婚。」說完，他竟故意攬起我的肩膀來，而那名婦女見狀，笑得更明顯了。

我知道我當下的表情一定變得很窘，可是我現在穿著女裝、蒙著面紗，身上還披著狀似遮掩的披風，外人不知道我是男人也是當然的。

那位婦女忽然將易華手拿的項鍊放回桌子上，轉而拿起一對掛在牆上的藍寶石耳環。她對我比了一個「過來」的姿勢，我遲疑地靠了過去，隨後，她將我的面紗撩了起來，撥開我的鬢髮，親自為我戴上那對耳環。

婦人又對我親切地笑了笑，拍拍我的肩膀，就把我輕推回易華的身邊。易華看著這一幕，神色竟顯得有些奇怪。

「怎麼啦？」我問他。

易華笑著搖搖頭，就走過去與婦人交談。婦人說的時候，搖手很多次，但易華最後仍是掏出一些銀幣還有金幣來，放到桌上，他再語帶強勢的說了一些話，那婦人終於苦笑著收下這些錢財。

「我剛才說過，這裡不太適合女性拋頭露面，但那位小姐與你有緣，你應該向她道謝。」易華轉過頭來，對我這麼說。我立刻向那名婦人鞠了一個躬。那婦人笑著搖搖頭，說了一些話，也許是「再見」之類的。易華也對她說了一樣的話，接著就拉起我的手，悠悠地離開了。

等到已經走了一段距離，我才忍不住好奇心地問道：「這副耳環很特別嗎？」

易華笑了笑，點點頭，「很好看，也很特別。這副耳環的價值遠比我剛才所付出的要高得太多，但那位小姐就是不願意收我的錢。」

「為什麼？」

難道是因為這裡民風淳樸又熱情的緣故嗎？

易華答道：「她說，你的身分太過特殊了，這點小禮物，是為了表示敬意而送上的。」

我聽了，整個不解。

易華凝望著遠方，竟露出少有的嚴肅表情，他淡淡地道：「沒關係，你不需要太在意身分或地位什麼的，無論如何，你就是你——只要一直記著這點就可以了。變成了誰，成為了什麼，你都還是你這個人，我也會一直記得你，把妳放在我的心中。」

然而易華這一番別有深意的話，讓我更搞不懂了。

途中，易華不知道是哪根筋不對，看到一件很漂亮的衣服，衝動得差點就要去詢問價格了。我趕緊拉住他——儘管我也覺得那衣服很美，但那可是給女人穿的，不然他買來是要給誰穿！也許易華會笑著把新的紀念品送給我，可是我又不是死變態，怎麼可能會收呢？我現在會穿成這個樣子，實在不是我的本意啊，只希望易華可以體諒並自重！

我們又經過一間小店，我受到自店裡傳出的藥草香氣味吸引，忍不住走了進去。原來那是一間石炭烤肉店，烤出來的羊肉味道就跟我剛才喝的奶茶一樣，風味特殊。

今天吃飽了，也逛得很開心，才去了不過幾個地方，轉眼間已經到了日落時分。沙漠全被薄暮的日光染成一片紅色，遠方高闊的天空混合著橘色與紫色，彩霞飄浮在空中，美得令人不敢直視。

在神殿裡我總是覺得時間流逝得特別慢，尤其我獨自一人的時間佔得太多了，令我感到不太舒服，可是今天多虧易華帶我到他的家鄉郊遊，整體而言我感到十分愉快，而且獲益良多。

最後，我們遠離了人群，在一個沙丘上坐了下來。

上午還十分炎熱，可是在將近日落之時，氣溫卻驟降下來，這讓我捉緊了披在身上的披風。

走了這麼多路，讓我覺得有點疲勞，所以我不願再與易華交談，只是默默地看著日落的景緻。易華有時看著天空，有時又看著我，直到太陽整個落下，月亮逐漸浮現出影子，易華這才開口道：

「我從第一眼看到你，就覺得你不太一樣。」

我眼神怪異地轉頭望向他。

「你到底在說什麼瞎話？」

儘管我可以篤定我們兩個現在真的很熟，可是他整個人黏在我身上的樣子，只讓我想把他從沙丘上推下來。我微微用手肘頂開他。

「你願意讓我親近嗎？」

「你親近琉晞比較有用吧？你不是來蘇葉神殿做外交嗎？」

他明明這麼多年沒回鄉了，來到蘇葉神殿卻盡是在鬼混，也沒看到他到底有在做什麼工作，聽到他說出這種鬼混之中更帶一層鬼混的話來，我都有點替他擔心了。

我說：「你也別這樣，如果你好好工作的話，以後應該也有很多機會能碰到我，等到那時候也不遲啊。」

「那又怎樣？」

「要是能常常跟你一起出來，不知道該有多好？」他喃喃說著，忽然面色微微一變，立刻湊了過來，「對了，我現在才發現，你的身上有一股琉神官特有的香味。」

我只覺得易華這人真的很奇怪，沒事注意這種事情幹嘛？我說：「我成天都與他在一起，身上沾點他的味道也不特別怎樣啊。」

「喔？是嗎？」易華直直盯著我。

說時遲那時快，易華坐起身來，往前一傾就朝我撲了過來。

我趕緊用雙手撐住身後的地面，而易華雙手支著我身旁的地面，一陣下壓，硬是把我整個人壓倒在地。

我伸手去推他，他便雙手捉住我的手腕，而後，朝我的唇上舔了幾口。變態啊！

我用力扭動著身子，易華面帶驚惶，我再用力伸展手臂，易華這次就抓不住我了。

我反手一推，他「啊」了一聲，整個人從沙丘上滾了下去！

我睜大了眼睛，眼看著他整個人直直滾下去，呼嚕呼嚕地揪成一團，最後趴在底下一動也不動的，黑色的衣服上沾滿黃沙，頭髮也頓顯凌亂，看起來簡直像具屍體。

有點不妙，我抓起裙子，立刻就沿著沙丘快速滑下去，匆匆來到易華身邊，雙手以拔蘿蔔的方式把他整個人都扯了起來。

「沒事吧？」我拍拍他的臉頰，問了幾聲，以確認他的生死，雖然只是滾下去就死掉，這個機率也是挺低的。

不過不論他到底有沒有受傷，我實在不想跟他道歉，還不是因為他忽然對我做那種奇怪的事情？我掙扎也是理所當然的。

易華伸手拍掉自己臉上的沙塵，朝著我苦笑，「你的唇上也有琉神官的味道，這讓我很好奇你與他的關係啊。難道琉神官不只是外表像女人，其實內心也很像女人？所以……」

「停，你住口，別說了！」一聽到他提起琉晞，我下意識地叫他住嘴。

「為什麼？你不是很在意琉神官嗎，為何反而不喜歡聽到我提起他的事情？」易華露出慧黠的笑容來。

我冷不防地往他的胸膛一推，易華「啊！」了一聲，往後踉蹌幾步，隨後，風沙一揚，他再次跌倒了。

八 彩衣侍人之帝

我覺得燕麟很煩，因為只要他在我的身邊，我就會忍不住在意他、想跟他說話。我以為像他這麼黏我的人，就算把他趕走，遲早也會自己爬回來的。

出乎意料的是，他一整天都沒有再回來，這讓我頗為詫異。

奇怪，他明明就沒有地方可以去，為什麼還不回來呢？

他被我趕走的時候，看起來那麼可憐，眼神就好像一隻被拋棄的流浪狗，現在卻不回來了？實在有點說不過去，說不定是在跟我賭氣。

但他受過神殿那麼多的酷刑，還能活跳跳地到處亂跑，這也只證明了一件事，那就是他的生命力很堅強，說不定已經接近蟑螂，所以其實我根本就不需要擔心他。

我就這麼獨自在神殿工作了一整天。等到隔天早晨，辰甦宮殿的軒車又來接我，我匆匆梳妝，立刻就出發了。

可是今日的發展卻急轉直下，平時在棲寧宮之中，我應當會看見藍夜迎接我——無論他的表情是喜是怒，心情是好是壞，他就是會迎接我，因為這根本已經成了他的生活習慣。

不過我畢竟也已經與藍夜相處了幾年之有，就我的發現，一個月裡總算是會有那幾天，藍夜忽然消失了。我想，今天也許正是那「一個月裡的其中幾天」吧？

侍從們很清楚我的「身分」，知道我總是把皇帝的寢宮當作自家的廚房。既然我比他們還認得路，又完全沒有行刺陛下的可能，他們自然到了門口就不再繼續帶領我，於是我利用這個空隙，開始在棲寧宮閒逛。

上次我是在書房看見藍夜。

那時，藍夜把我抱到他的腿上，叫我替他畫畫，再一邊調戲我，之後還……

這些帳我全都點滴於心，我這個人心腸狹窄，睚眥必報，不是不報，時候未到。總有一天，藍夜依然會為了他對我所做的一切付出代價，在那之前，我只能在筆記本上一痕一痕地以正字劃下記號，去紀錄他的惡行。

我來到上次曾春風一渡的書房，碰碰運氣。如我所料，沒有看見藍夜的身影。可是在這同時，我卻聽見隔壁房傳來陣陣低沉的喘息聲。

……！

我立刻循著聲音的方向，貼向牆壁，側耳傾聽。

「呼、嗚嗯……」

「藍夜，你打算裝蒜、你不聽皇兄的命令了？」

儘管隔著一層牆，傳來的聲音很模糊，但我腦中產生的第一個直覺是——有好戲看了。

沒想到藍夜，這個我向來視之為夢魘的人，竟然也能為我枯燥的神殿生活帶來一絲娛樂。

身為他隱形的敵人第一號，我怎能不去參與這場盛會、不去看這場好戲呢？

我又四處張望了一會，發現這間房在接近天花板的高度有裝設一扇小華窗，而且就開在我正在偷聽的這面牆上。

我該稱讚藍夜辦事的時候選了一個好地方嗎？居然這麼剛好，挑在窗戶能看得見的地方。我該感謝蘇葉神的恩典，真是天助我也。

不由分說，我立刻搬來兩張椅子，往上疊在一起，再戰戰兢兢地攀爬上去，只為了湊到窗戶的高度。

儘管重心不穩的感覺使我有所忌憚，俗話說「好奇心能害死貓」，尤其活春宮這種東西更是吸引人之至，看仇人被玩弄這種事就更加吸引人了——為此，就算從椅子上跌下去，我也甘願。

我推開那一小扇中國窗，確定我與隔壁的藍夜距離得很遠，我完全沒有被發現的可能，我覺得這裡視野很好，於是我定了下來，專心欣賞。儘管距離很遠，但我的視力從小就很好。

上次，藍夜見我的時候，一襲黑色皇袍，一頭瀑布般的銀藍色秀髮，僅僅以一條銀線綁束著，這一次他的樣子卻大不相同。藍夜身著一身刺繡鳳凰紅裳，頭上插了金簪子，羅紗輕披在臂邊，手臂戴著閃亮的軟金臂釧。

他嫵媚得嚇人，展露出特有的辰甦風情，這是只有美女穿上去才會顯得完美的裝束。

藍夜居然這麼水靈、美麗，頭一次見識，我差點以為他是個天生的女人。

看見他這麼盛裝打扮，像我嘴巴這麼壞的人，一定要在心裡好好嘲笑他不可——為了討好一個人，如此精心妝點自己，如果是一般女子也就算了，但我痛恨藍夜，我只覺得藍夜今天真像個青樓女子。

是什麼人的權力大到能讓一國之君坐在地上、沾盡塵埃呢？

坐在藍夜面前，那位一邊撫摸著他的髮，一派輕鬆地邪笑著的人，我也認識，那就是辰甦國的靖王，也是諸王之中唯一留存的命脈，他與藍夜是同父異主的兄弟，只有一半的血緣關係。

至於其餘的王爺呢，全部都在皇位的爭奪之下死了，不是死得不明不白，大概就是死在藍夜或靖王任一人的手中。

為什麼皇帝會屈從於一名王爺？

靖王十分帥氣，褐色的長髮綁成低馬尾，全身是健康的小麥色，琥珀色的眼眸裡流動著一絲邪氣，再加上他近年來四處爭戰所立下的戰功，靖王是全國女人的理想丈夫。

如果是被這麼有男子氣概的人佔有，未嘗也不是一件春色無邊的美事，然而對一名皇帝而言，絕對是一種屈辱。

被藍夜服務的極湘顯得意氣風發，這是一種精神上的滿足，而當年，兩人可能有過什麼約定，藍夜即位後，極湘才會全力輔佐他。

「呼、唔……！」

我目睹藍夜那無法再忍耐的神情。藍夜的眼角閃爍著水光，如彎月的雙眉緊蹙，他忍耐著，不敢讓淚掉下。

散落的瀏海遮蓋了他的面容，令我無法再窺見。

「……哈啊……哈啊……」

藍夜快要窒息，身體脫力得往後一跌，一向自視甚高的他，居然願意就地而坐，他蒼白的臉上佈了層病態的潮紅。

靖王下了椅子，來到藍夜的面前，蹲了下來，一手扶著他的背，另一隻手先是從藍夜削瘦的下巴開始摸起，一直往下到喉結，鎖骨，再強硬地擠進那包得很緊的對襟中，以掌心摩蹭著藍夜的胸膛。

「嗯……」

靖王動作得很粗魯，大掌在衣襟裡抓揉著藍夜的胸膛，這使得他的呼吸聲中帶了點顫抖。他看起來很不願意，但始終沒有出手制止他，或許是因為他不被允許這麼做。

我與藍夜沒有政治上的利害關係，藍夜一向會告訴我所有的實情，所以這件事也是我從藍夜口中聽來的，其他百姓恐怕都不知道。

這件事要從兩年前開始講述。

四年前，藍夜十八歲，而我與藍夜剛認識兩年。一日，辰甦國先皇駕崩了，而先皇就在臨死前，竟忽然改變主意，將太子改立為藍夜，直到遺詔正式改畢，前任的天子這才嚥下他最後一口龍氣。

事出突然，當時大多數臣子都擁立大皇子極湘，也就是現在的靖王，如今風向怎地忽然改變，這使得宮中人人自危。

反對新皇帝的臣子大概都只有一途，就是死，藍夜卻沒有以屠殺來對待這些支持極湘，因而極力排斥他的大臣。這是因為先皇遺命有令，藍夜雖為辰甦國君，往後卻得事事參照極湘之命，不得違抗。

在這件事之後，大臣們都以為藍夜是一名仁君，就對他五體投地，服服貼貼的，他們絲毫不知道這根本是靖王從中作梗，阻止了藍夜的屠殺。

除此之外，遺詔裡還有另一個限制，就是靖王不得命令藍夜禪讓。

如果靖王有此命令，那麼藍夜有權拒絕，所以就變成現在這個局面了——滿心權謀卻得不到皇位的王爺用盡辦法折磨皇帝的心神肉體，恨得牙癢癢的皇帝整天想著出兵打爆這個王爺，可是國家的虎符卻偏偏全部握在那名王爺的手上！

很有趣，卻也很可笑，這就是辰甦國的現狀，一種完美的恐怖制衡。

極湘以手一撐，藍夜的衣服終於自肩頭滑落，露出纖細的頸項、細緻的鎖骨、白皙的肩頭還有一大片潔白的胸膛。

極湘以左手將藍夜鎖在自己的懷中。

「哈嗯……！」藍夜一個癱軟，洩出細細的嚶吟，他的雙手軟弱地推拒著極湘，卻反倒使得極湘更為興奮。

藍夜看起來很不好受，可他不可抗力地，低啞中帶點尖細的喘息，令人打自骨子裡都蘇麻了起來，聽得連我都興奮了，怪不得極湘會想對他做這些事，難道這不是藍夜也在無意間誘惑著他嗎？

「皇兄……拜託……是臣弟對不起你。」

藍夜竟埋上極湘的胸膛，緊抓著極湘的衣襟。

「喔？你不喜歡這樣嗎？」極湘在藍夜的臉上呵了一口氣。

極湘的笑意愈發濃厚，立時，他一個起身，把藍夜打橫抱起，回到那張他原本半臥半坐的太師

椅上，再把藍夜放上自己的大腿。

「既然你不喜歡，那我們就不要再扭扭捏捏的，好不好？親愛的臣弟……」

極湘的左手臂環住藍夜的腰枝。

「皇兄，請您還是回去找王妃吧，臣弟真的不適合……」

藍夜的目光閃爍著淚，隨著極湘這一陣動作，他輕聲喘息著。

「哈啊……啊啊……」

藍夜差點重心不穩，他匆匆忙忙地以雙手環住極湘的頸子。

極湘一把將儒裙扯了下來，解開裡頭的單衣。

「陛下，微臣的兄弟……微臣為你成魔……」

藍夜的聲音在喉間梗住了。他噙著淚，虛弱地輕語道：「求你，叫我的名字就好……」

這梨花帶淚的模樣，實在不像是平常欺侮我的那個人。

極湘實實在在地笑出來。

「哈哈哈……哈哈哈哈……」

他的嘴角牽動一個古怪的幅度，「藍夜，我的陛下，為了保全自己的皇位，願意跟自己的兄弟苟且，卻又不敢承認我們之間的血緣。」

「嗯嗯——」

藍夜的表情顯得既痛苦又沉醉。

他全身都染上薄紅色以及一層薄汗。

「以前你跟長公主，也就是我們的姊姊在勾搭的時候，可從來沒看見你這麼糾結過。還是說糾結的人是那個女人，而不是你。」

極湘極盡冷嘲熱諷地繼續道。藍夜的臉色有點難看，但他咬唇忍了下來，沒有應話。

極湘也淌下幾滴汗水來。

藍夜悲愴的神情十分隱晦。

從我認識他以來，我知道他早已習慣斂起自己的任何表情——這是任何可能成為帝王的人，都必須受到的訓練，隱藏起自己所有的情緒，才能在臣民的面前建立威信，同時也不會被人測度心意。

不過我想極湘一定看得出藍夜的變化，否則他不會這麼樂於攻訐他，如果是其他人，可能會以為藍夜臉上什麼表情都沒有，就因此失去興趣了，也不一定。

倒是接下來的，我就沒有把握，到底極湘能不能看出來了——我隱約能看見，藍夜那閃爍著水光的眼神裡寫道：『極湘，你將會為你對我所作的一切，付出代價！』藍夜對極湘的心態，意外地與我對他的心態，不謀而合了。

「藍夜，為什麼都不說話？」

極湘一手支著藍夜的腰枝，另一隻手挑起藍夜的下頷，朝那精雕細琢般的小唇輕啄上幾口。

藍夜試著要閃躲，可是最後還是被親了。

藍夜恐怕感到難以忍受，正對著極湘那一對銳利的鷹眼，那狼狽的姿態依舊美麗而勾人。

極湘輕吻藍夜的眉心，在藍夜淌淚的頰邊舔了一口，品嘗著那一分鹹味，「我最享受這種時候了。看著你屈服於我。」

「得到你，其實也跟得到這個國家、得到大寶，沒什麼兩樣……呵呵呵——」

極湘以眉心頂著藍夜的額側。而藍夜輕咬著唇，不再輕易叫出聲來。

九　棲寧貴妃立

「琉晞？你什麼時候過來的？」

棲寧宮外，我裝成自己剛剛到達的樣子，撥了幾下頭髮，稍微擦了汗，企圖掩飾自己早就到了這裡，而且剛才還在偷窺的事實。

儘管我覺得自己偽裝得很完美，但藍夜顯然太瞭解我了，看我的眼光是滿滿的狐疑。

我勉強自己笑了笑，跟他打哈哈，而他也對我笑了笑，顯然他打哈哈的本事不下於我——於是我們之間的氣氛更僵了。

「……」

一陣沉默，他也沒有再追問。一別頭，他擦過我的肩邊，低聲道：「你有點遲到了，不過，無妨……」

藍夜空出他的右胳臂來。我疑惑望他，他竟又一次對我微笑，難道可能是真心的？他這個人不是一向很冰冷、很不通人情嗎？今天卻忽然變得和藹可親起來。

「大部分的時候，孤坐在案前，眼前堆疊著許多奏摺，而孤一一批閱著，每一件經手的，可都是影響百姓至深的政事。明明這是個全天下的人都搶著做的一件差事，孤卻又感到哀傷，這大寶得來的方式，是賠上所有兄弟姐妹的性命。」

他輕聲道，彷彿這一切都只是說給自己聽的，而我不需要瞭解。但是，我又何曾不瞭解他的感受？

藍夜不曉得，其實我懂得他——全天界唯一的神祭，被蘇葉神捧在手心的，最高貴的存在，難道不是人人夢寐以求的？我卻覺得這個身分加諸在我身上，不過是將我一生中所有可用的年華，都摧殘殆盡。

我們離開棲寧宮，來到御花園中。

御花園是一大片林子，由當中許多不同的苑囿所組成，每棟別苑名字之複雜富麗，令我絲毫不想去留意，只想順著藍夜帶的路，信步前進。

過去未曾好好留意過這裡的風景，來的次數也屈指可數，如今見到一條條整齊的小渠，或近或遠，舒緩地流淌著。池水在陽光的照耀下，閃爍著一點一點，金粉般的耀眼光芒，而每條小渠上，都搭建著一座精雕細琢的別緻石橋或是木橋。

坐在小船上，緩緩划過的，是手拿噴壺或是花草剪的宮女們，她們衣著精緻，顰笑間各有風情，也許下了船以後就要到園裡各處去照顧花草了。

青陽溫暖，天空湛藍，一草一木顏色深深淺淺，萬紫千紅的花朵被一群又一群淺綠色的灌木包圍；這些花，有的大，有的小，有的長在樹上，有些攀掛在矮牆邊，各自風情萬種，不論樸拙或是艷麗，均是說不出的惹人憐愛。

走在平整鋪齊的石板路上，我格外留意周遭的景色。這麼算起來，我是第一次看見這麼多種不同的花，其中有些花是大橘或大紫的，花瓣上有斑點，或是枝葉生得很奇特，似乎都是國外的名貴花種，看得我有種視線飽受洗滌的幸福感受。

「你開心嗎？」藍夜問道。

「嗯？」我回過頭來看他。

也許藍夜聽得出來，我的心情比我口頭上所形容的，要來得雀躍多了。他道：「如果你很喜歡，為什麼不留在這裡？」

「……什麼意思？」

他才說到這個話題，我的心馬上就沉了下去。不等他真的對我解釋，我立刻道：「這不可能。」

「你難道這麼執著於蘇葉神殿？」臉色愀然一變，他忽然停了下來，一把捉住我的左手腕，「告訴孤，你有什麼值得回去的理由？」

我往回扯了一下，但藍夜文風不動。他既然對我如此，我也不打算再給他好臉色看。「陛下，請您自重。」

「『陛下』？」藍夜冷冷一笑，厲聲道：「你真的有把孤當作一國之君來看待過嗎？」

被他這麼反問，我不禁一愣。

而他伶牙俐齒地續道：「如果你有身為人臣的自覺，難道現在不該回答孤的質問嗎？」

我向來都知道藍夜很懂得反詰人，如果他想吵架，依我的個性也不是那種會姑息的人。

我也不遑多讓地回道：「陛下，請容卑職斗膽僭越，臣必須據實以告——您將自己看得太過尊貴了。難道你真的認為自己的存在，能比得過蘇葉神？」

他的臉色變得十分冷漠，沉默良久。

氣氛再度僵硬，剛才的愉悅都消失殆盡了。

我不敢再面對他，轉身就想離開，隨即跨出大大的一步。

「琉晞……！」

藍夜在我的身後遠遠地喊我，而我視若無睹。

我一向不大尊敬他，但在這座至高無上的宮殿裡，畢竟沒有任何人有資格忤逆他，所以，我現在的行為真的「大逆不道」，我無視了皇帝這九五之尊。

我放慢了腳步，偷偷地觀察他，但是過沒多久，他就不再喊我了，這使我感到有些可惜。

就在我打算直直往回去的方向走時，一陣撲面而來的香風懾住了我。

數不完的，藍色的圓形花瓣，凌亂散落在風中，和著一股冷冽的清香，朝我撲了過來。極多的花瓣立刻襲上我一身，沾滿我的髮絲還有衣服。

藍夜曾幾何時已經越過我，就站在前面的藍梅樹下。他錦拳一揮，倒有三分力道，無數的花瓣立刻如雨落般，被風狂亂地攪開。我張開雙手，迎接被東風強烈送來的無數花朵。

於是藍夜走了過來，略有怒意的風吹亂了他的髮，他那一雙杏眼，也閃過一絲暴戾。

看著他逐漸逼近，我卻無法動彈……我挪不開腳步，這一次，看著他藏在寬大繡擺下，那隻正在滴血的手，我打自心底無法再違抗他。

藍夜，你究竟冷酷，亦或熱情？你的多變面向，不只是靖王，就連我，都無法掌控。

「啪！」

一掌，不由分說，熱辣辣地搧上我的面頰，一種強烈的抽痛佔領了我整個腦識，令我的意識完

全空白。

曾幾何時，藍夜已經距離我好近好近，他那精緻的臉蛋，完整映在我的眼裡。

「孤允准你走了麼？孤既然有辦法把你從神殿討來，就有辦法，讓你再也出不了孤的宮闕，你遲早會成為孤的人，如果蘇葉神要跟孤要人，祂就來吧，孤不會害怕。」

一條金色錦帕搗上我的嘴邊，粗手拭下幾滴鮮紅，我才發現自己的嘴角熱辣地作痛著。

他的手將我的背往上一抱，並低頭襲吻我。

「嗚……嗯！」

他的唇將我的口整個包絡住，籠罩我的是一股濃重的濕熱感。

從藍夜口中透出的那股濃厚的龍涎香氣息，至少讓我確定，他在替靖王服務完以後，一定去漱口很多次，否則，這一吻可能會想讓我殺了藍夜。

「唔、……唔嗯……——」

翻動泠泠水聲，這是綿長而炙熱的一吻，他的舌伸進我的口中，不斷翻弄著我的舌，又將我的口腔內全刮舔過了一回。我全身無力，難以呼吸，腦子裡一股嚴重的發脹，而藍夜又把我抱得越來越緊，我整個人簡直貼在他的胸膛前。

「哈嗯……！……嗚……呼……！」

越是想抽開，卻又越是被他牽著走，他在我口腔內的掠奪太過霸道，而他的舌與我的舌在多次的纏綿之下，逐漸產生了一股特殊的甜味，開始迴盪在口中，令人沉醉。

我一向最怕如此，起先，我是如何地抗拒他，最後卻沉醉在他的粗暴之中，難以自拔。

「唔嗯……！」

我使盡全力，用兩手推開了他，勉強用發軟的雙腳，歪七扭八地站著，張開的口還喘著粗氣。

藍夜被我推開以後，卻是站得怡然自若，氣息絲毫沒有一點紊亂。

他整了整衣服，笑著說：「你不告訴孤，你究竟對神殿有哪一點執著，孤就不會再讓你回去。」撇頭，他揚聲道：「來人。」

「奴婢在。」

頓時，幾名宮女自各處快步上前，恭恭敬敬地排在藍夜的面前鞠躬。

藍夜揚起削瘦的下頷來看我，「你們好好招待琉神祭。今天晚上的酒宴，孤要看見他以『正裝』出現。」

「什麼？」

我簡直不敢相信自己的耳朵。我叫道：「藍夜，你要搞清楚，我領的旌卷不是你們辰甦國發的。我不是你辰甦國的子民，你沒有資格對我任意妄為。」

「喔？」

陰冷的眼光一掃，藍夜遠遠望著即將被帶走的我，笑道：「別國的使者被殺、公主被扣留、軍隊被我國接收、領土被我國兼併……你看哪些是孤少做過的？琉神祭，你對天律固然瞭解，但是孤從來不重視那種東西。孤，是超越律法的存在，孤是真正的天子。」

緩緩說完，他頭也不回地揚長而去。幾名婢女頓時圍繞而上，自四面扣住我，其中一名宮女客客氣氣地道：「神祭大人，請好好配合，別讓我們作奴婢的為難。」

我回頭望她，確實看到她眼中有不得不服從的難處，其他三人也皆如此。在神殿裡當了好幾年小祭司，我明白被人為難的難處，於是只有點點頭，「好，就……照你們陛下的意思去做吧。」

所謂的「正裝」是什麼？我不懂。但是當我被帶進了紫華宮——那一座由太皇太后以及皇后所管轄的地方，我只覺得，事情不好了。

穿過重重紫色的紗廉，撩過幾串碰撞音色悅耳的珠鍊，焚香氣味繚繞在宮室之內，牆上掛著名畫與花鳥繡，地上踩的則是上好的波斯地毯與土耳其針織毯，越過重重雕花鏤空門，辰甦國的皇后就站在之後，兩旁各隨侍一排盛裝婢女。

皇后娘娘生得很美，皮膚白皙，黑眸明亮，小巧的鼻子還有櫻粉色的唇，林林總總加起來，是個難得一見的美人。

見了她，我不明白，我哪裡比得上她？

我見到皇后，立刻行禮，「參見皇后娘娘。」

皇后髮飾繁多，一身貴氣的皇袍，服色是金柳別襯著艷紅，打扮得入時又貴氣，她微啟朱唇，道：「免禮，賜座。」

於是皇后在一張看起來十分舒服的檜木太師椅上半坐半躺下來，樣子悠哉，一旁宮女立刻拉上一張柔軟又舒適，上頭還精雕有龍鳳刺繡的布椅，招呼我坐下，而我如坐針氈。

「退下吧。」她揚聲道。

「是，皇后娘娘。」宮女們同聲恭敬地回禮完，便退至簾幕之後。

皇后看著我，那一雙眼彷彿會勾人一般。

人說畫仕女圖，最重要的就是眼睛，如今我贊同這句話，美麗的女子生了一對靈動的美目，我被她一看，頓時六神無主。

皇后倩笑道：「愛卿便是鼎鼎大名的琉神祭？」

我誠惶誠恐回道：「是在下冒昧。」

她輕輕搖頭，「愛卿沒有冒昧，陛下已經告訴我一切——事實上，他已經很久沒有同本宮說過話，要不是多虧神祭你，也許這段無語的日子會更加長久。」

皇后外貌出眾，氣質沉穩高雅，衣著大方得體，十分有母儀天下的風範。倒是皇帝搞七捻三，喜新厭舊，後宮嬪妃三千，個個美若天仙，卻盡是棄捐如秋扇——這也就算了，更扯的，是他搞到我身上來。

如果我是藍夜，我會選擇好好地享福，而不是像他這般，放棄這些美若天仙的仙女們不要。

皇后說：「陛下吩咐，今晚的龍門宴，他要讓你以皇貴妃的身分，隨侍在他身旁。」

「今晚的龍門宴。宓國的王子，羅剎國的國王，薩稔國的國主，摩拿神殿的神祭，蘇葉神殿的兩位大祭司等等，將一同與宴。今晚的宴會，目的是替新落成的『龍門廳』慶祝，同時也是向鄰國宣揚辰甦的國威。」

連御風和秋水都會來，我的天。

「陛下已經賜號給許多妃子，但皇貴妃與貴妃這兩個名號始終空著。琉神祭，你不是『貴妃』，你是『皇貴妃』。在後宮中，你不過僅次於我，即刻起，你可以喚本宮一聲姊姊，本宮也該喚你一聲妹子。」

我馬上就想起身，皇后卻把我按了下去。

她笑著，親切地對我說：「陛下再也不會賜封皇貴妃了，這個位置，他從一開始就只打算留給你，這一點，本宮早年就已經知道了。」

「陛下鍾情於你，他不會讓你在宴會上吃虧。身為新封的皇貴妃，你會得到全場所有的關注。」她溫婉道。

「我不會接受的，就算明天我真的作了他的皇貴妃，之後呢？我會回神殿，這些封號，或是分配的行宮、婢女，不就全都空著了？這一點都不值得。」

「陛下不在乎這些，他只在乎你。」皇后面帶哀傷地說。

她愛藍夜嗎？否則，她怎麼能毫不吃醋，就接受藍夜的命令，來幫助我成為「皇貴妃」？

見到皇后為了任性的藍夜，過得這麼艱難、忍讓，我只好忍住自己的不愉快，對她輕聲道：「我可以接受娘娘的安排，但在下畢竟是一介男子，怎麼能成為一國的皇貴妃，還出席國際盛宴？」

「放心，不會有人看出你來。」皇后道：「本宮會親自為你穿上『正裝』，就算是你的熟人，例如蘇葉神殿的兩位大祭司，他們也不會認出你的。」

十 祖母綠傾情

這時易華撥開我的頭髮，在我的頰邊吻了一下，他一開口，我就聞到強烈的青草味，一種又涼又甜的味道。

我立刻把他拍了開來。

他退開以後，一副無事人的模樣，「這是我們國家的交友禮儀，只有對很親密的朋友才能這麼做。」他細聲道：「從我長這麼大到現在，你是第一個讓我這麼做的人，我忍不住這種對你的感覺。」

「你們那是什麼奇怪的國家。」

易華聳聳肩，「崇尚武德的國家，你懂得，除了我們國家神法嚴謹以外，其他崇尚武德的國家甚至贊成同性戀呢。」

「夠了！」

「好，好——」他握住我的手，我才發現他的手其實極其修長好看。

他的手一離開，我感到手心一陣冰涼，無端就多出一顆綠寶石，閃閃發光的，寶石內部還有某種晶瑩剔透的物質在緩緩流動著，這是一顆價值不菲的美麗寶石。

「這是？」

「這是一種通訊器，你只要找到一只裝水的杯子，將這顆寶石丟進去，就能在水面看見我。」莞爾著，易華向我解釋：「記得，不要柳橙汁，要清水。」

易華在我的掌心裡搓了搓，那綠寶石平白繫上一條很美的白金鍊帶，他再繞到我身後，親自為我戴上這綠寶石項鍊。

我說：「居然讓我成天戴著你的信物。」

「一定會有所用處的，我看你剛進那間神殿，似乎沒什麼照應。雖然琉神祭必定十分『照顧』你，不過多一個靠山也不是壞事。」

我還來不及問他那聲加重語氣的「照顧」是什麼意思，易華就拍拍我的肩膀，「我走了，有事叫我。」

一轉身，他化作一個紫色光點，隨即就飛向遠方，消失不見。

一眨眼，我整個人已置身神殿，要不是身上還黏著少許的風沙，我簡直會以為剛才那場沙漠之旅是一場夢。

我人已在琉晞的房間，往外一望窗戶，發現都已經天黑了。於是我在房間裡四處覓探著，「琉晞？你在嗎？」

這間神殿不容許任何外出，如今琉晞卻不在房間，這麼晚了也不可能在神殿裡四處遊蕩啊。

頓時我心亂如麻，不知道該拿琉晞的失蹤怎麼辦才好。

我急急拿來水杯，從透明的水壺裡斟水進杯，再將那綠寶石扔進水裡。

瞬間，清水全部染碧。我心想，這年頭連寶石都是色素染出來的麼？

才發現，染碧的水變成了影像，寶石也沒有掉色的跡象，看來還是個珍品。

一個人影浮現在水面上，那人正是易華，是沒穿衣服的易華。

於是我站在杯子邊，默默地看著易華更衣，從全身上下都沒有衣服，再慢慢把全身行頭穿戴起來，薄衫、禮袍、薄麻披風、鑲金黑蓋頭，還有數不清的金飾都一應俱全地一一掛上，猛然看上去簡直是個沙漠王子，易華這才緩緩地將臉湊向「鏡頭」，我在想，那是不是放在他房間的花瓶，或是水杯之類，裡面也有盛水的東西。

我不想問他是不是故意讓我看他換衣服，只說：「我找不到琉晞。」

「今晚辰甦國有宴會，蘇葉神殿怎麼可能不派人來參加地主國的宴會？琉神祭一定已經在宴會的會場了，只是……」

「據我所知，辰甦國的皇帝花費十年都沒能將琉晞弄到手。這一次，也許皇帝不會再放人了。」

「言下之意是？」

「琉神祭變成被拿來打狗的肉包子，有去無回了。」易華涼涼地笑著道：「神祭被擄這種事，發生了也不好，畢竟每十年，多少鄰國的人民湧進辰甦國，只為了參拜偉大的蘇葉神，涵凌帝這麼做可是會引發戰爭，所以我也會想辦法阻止這一切。」

涵凌帝？是現任辰甦皇帝的年號。

說完，易華開始飛快地結起手印，我甚至能聽到比劃間的風聲。

他全身發出紫光，我周身也跟著發光，再下一刻，我居然已經到了易華的房間，而且伸手握一握前胸，那顆綠寶石曾幾何時已經回到項鍊上。

「我借你幾件衣服，你就作為我的同伴，跟我一同赴宴。」

我成了藍夜的皇貴妃。

我知道辰甦國十分富庶，宮廷之美有目共睹，而我在棲寧宮裡來來回回了十年以上，當然也對那些純金的器物見怪不怪了，不過我還是得承認，今晚真是開了眼界。

結束了長達幾個小時的梳妝以後，臉上撲的水粉讓我很不習慣，手背朝唇上一抹，則是艷紅的胭脂，額上還貼著也許隨時會掉下來的花黃，髮上插了數不清的珠釵、珠簪以及金飾。

一走動，手臂邊挽著的薄紗在飛，我把那件薄紗挪到肩膀上，可是馬上就滑下來，讓我感到肩膀邊還有前胸很涼，再加上三到四件上頭鑲了諸多寶石的項鍊，我覺得脖子更冷了。

我的裙底還鑲了鈴鐺，一走路就會有風鈴碰撞的聲音。

「寧妃，放輕鬆，本宮會儘量幫助你。」皇后娘娘攙扶著我，緩緩步出幃幕。

我一走出層層的珠簾，只見眼前大廳極其寬敞，雕龍畫棟，金碧輝煌，兩側還有許多宮女正蹁躚起舞，看得我目不轉睛。

這麼氣派的廳堂，就是新落成的龍門廳，我看這龍門廳已經是別的小國一間宮殿的大小了，可是辰蘇宮殿裡，這樣的廳堂不下二十間。

宮廷樂隊正在演奏管絃，打從我一出來，就一直被很多人注視，那些人衣著相當華麗，這與作為神祭被信眾朝拜的感覺完全不同，我明白自己正在被議論，這更讓我不習慣。

皇后將我緩緩地帶到廳堂中央的龍位附近，左右各是一個小位，皇后坐右邊，我則坐了左邊。

「婉兒，做得很好。」

藍夜偏頭去向皇后細聲道謝。

我看見皇后那受到誇讚以後幸福的表情，很慶幸藍夜並沒有轉頭來注意我。

才過沒多久，我立刻感到耳畔一陣曖昧的濕熱，藍夜竟然當眾囓咬起我的耳根來。我用肘推他，「陛下，宴飲之所，君子氣度自是雍容嫻雅。」

聞言，他果然正襟危坐回去，卻把我攬在他的身上，他低低地笑了出聲，「你今天很好看。」

我不懂得他到底是真的在稱讚我，還是在取笑我？我明明覺得自己穿得好怪。

而他不急不徐地道：「嫻靜優雅的女子，是君子追求的對象。你視孤為君子，那麼你是否為君子意中的窈窕淑女？」

我又不是女的，你旁邊不是就有你的皇后嗎？

我輕輕推開了他。藍夜倒也識相，沒有再叨擾我。

此時絲竹聲戛然而止，賓客們也靜了下來。

藍夜站了起來，緩緩步下龍位的階梯，高聲道：「非常高興各國顯貴蒞臨本朝宴會，各友邦向來與我國關係密切，三年一次的朝貢也是萬人共襄盛舉，與友邦間熱絡的情誼使得這間新落成的龍門廳蓬蓽生輝。」

雖然這間龍門廳就是用各國貢獻的金錢建成的，各國使者們還是不發怨言，一齊揚聲，跪謝道：「恭謝陛下的邀請。」

見狀，藍夜笑得更燦爛了，他落落大方地舉起雙手，水袖精緻的長袖擺自然垂落，在燈光下閃爍著精緻的刺繡。

「為了酬謝不辭辛勞，遠道而來的各位上賓，除了最上等的御宴以外，還有一樁喜訊相告。」

一回身，藍夜居高臨下地望著我。

我匆忙起身，向藍夜行禮，「臣在。」

『是臣妾在。』他低聲向我示意道。

我沒有理會他。

藍夜也沒再多說什麼，將我攬上前，再次面對眾人，「眾人皆知，孤從未在後宮封過任何一名貴妃或皇貴妃，但是在這場晚宴上，孤要讓各位見證自孤登基以來，本朝第一位皇貴妃的封賞。」

全場一陣屏息，而賓客們更是再一次齊聲跪謝道：「謝陛下隆恩。」

這種隆重場面讓我感到全身毛細孔都緊縮起來。

藍夜回到龍位上，一名手拿拂塵，衣著華麗的公公手拿聖旨，揚聲道：「宮妃晞兒接旨！」

晞兒？我嗎？

我整個人都彎了下去，頭都要抵到地上。

餘光間能看見皇后從容而至。她在我面前站定，雙手交握道：「本宮韓湘婉，為涵凌帝之大賢大德明妃韓皇后，統領三宮十六部，今日奉陛下聖旨，為宮妃晞兒賜號，封賞為棲寧皇貴妃。」

皇后聲聲如雷貫耳，令我的心更為不安，有種是否從此再也無法脫身的強烈預感。

公公將聖旨遞給我：「寧妃接旨。」

我抬起頭，雙手接下聖旨。

下人從旁邊為皇后捧上一只雕花的錦盒。

皇后打開錦蓋，取出一枝金簪，彎腰為我插上。

「此為名簪『金步搖』，此後寧妃將列入皇族，與本宮以姊妹相稱，配有隨行宮女八名，每年得享俸祿、食田不世襲，家中各族可享蔭祿，出入得與陛下齊肩，見陛下可行參見禮。」

「謝皇后娘娘。」

「兩位愛妃，請上座。」藍夜宣布道。

於是皇后將我攙了起來，我和皇后各自回到左右兩邊的座位，好似藍夜身邊的左右護法。

而藍夜再次開口道：「寧妃初當此職，為表慶賀，當與在場眾人奏一曲仙樂，聊表心意。」

事出突然，我整個人懾住了。我無奈望向皇后，皇后也是一臉不知情。

事到如今，騎虎難下，我看藍夜有意整我。

公公一揮手，幾名宮女搬來了一台豎琴和一張小几。公公鞠躬喊道：「恭請貴妃娘娘上座獻樂。」

我怯怯地走過去，雖然心裡不斷安慰自己，但是台階下有滿滿一廳的人，心裡忍不住害怕。

一坐上椅子，面對那台又大又美的雕花琉璃豎琴，再看著那晶瑩剔透的弦線，腦子裡全是空的。

這時，藍夜悠悠唱道：

「長相思，相思者誰？自從送上馬，夜夜愁空幃。」

我記得以前陪伴藍夜的時候，曾經聽宮女彈奏這首曲子，曲名就叫〈長相思〉，似乎是首民歌，有很多套不同的詞都能入同樣的樂，只是詞的內容不外乎都是女子思念良人的內容，聽來其實是有點悲愴的，藍夜不愧是深閨兒女，順手捻來就是這樣的歌。

藍夜一唱，我馬上撥動琴弦，發現那清脆的錚音聽起來不像豎琴，卻像辰甦本國的古典樂器，只不過用法和豎琴相同。

我反覆輪指，將藍夜的歌聲催了上去。

藍夜坐在王位上，神情似乎有些幽怨，輕啟朱唇，唱著：「曉窺玉鏡雙蛾眉，怨君卻是憐君時。」

我發現他唱這首歌，情緒也很惆悵。

我何嘗不知道他是多愁善感的人，可是卻又不斷多疑著，他是不是故意想要讓我心軟？

畢竟以前我也吃過他這種軟虧，他要脅我，我就驅車離開，他以千金之軀在馬車後苦苦追趕，我一回頭，看見他那汗流而蒼白的臉，馬上就跳下車來，把他攙回宮裡。

最後的下場？他說我逃不出他的手掌心，以前就曾經囚禁過我——從此，我時時懷疑著他，與他在一起就一秒都不敢大意。

我看皇后坐他身旁，很是動容，想去安慰藍夜，卻又礙於面子不敢亂動。至於底下的賓客們，表情皆是說不出的奇怪，通通很像去倚紅樓聽琵琶的嫖客，眼睛直盯著娼女不放的餓鬼眼神，果然，別人對藍夜卻是難保不心動，這是藍夜與生俱來的魅力，他能吸引所有的男女老少。

我很怕藍夜想要勾引我，卻勾引到賓客，以後刺客突襲他就不是為了殺他，卻是為了強姦他，那麼他就倒大楣了！於是我為他接著唱了下去：「湖水浸秋藕花白，傷心落日鴛鴦飛。」

上一句還是十分平緩的琴音，但是我一唱完，調子就往上一高，很有山峰拔尖了那種感覺。

我一回瞥，才發現藍夜固然傷感，他那杏子形狀的一對眼始終是對著我的，春風十里柔情。

我接著演奏一段輪指，接著是高低杳雜的旋律，箏音交錯，藍夜輕輕擻頭，綿綿唱道：「為君種取女蘿草，寒藤長過青松枝。」

我依稀聽到一旁的宮女，一臉陶醉地與左右說：「你看新封的貴妃與陛下，真是彼此相愛，用情至深，琴瑟和鳴，鸞鳳相鳴，舉案齊眉，共醉花陰，良辰美景！」

我不急不緩地一邊錚錚彈奏，繼續為藍夜唱道：「為君護取珊瑚枕，啼痕滅盡生網絲。」我手起手落，撥弄不曾停歇，隨著藍夜又要唱，我加快了指間的奏法。

藍夜可能很喜歡看眾人為了他而感動，又是一陣深情，淺斟低唱道：「人生有情甘白首，何乃不得長相隨？」

一般男人這樣唱，會是「鐵漢柔情」，偏偏他長得太過陰柔，很像前朝的皇后，聲音又細細的，很有戲子嬌滴滴的味道，聲聲幽媚斷腸，閨怨之至。

再次感受到藍夜的視線在我背上燒灼，我沒有回頭，嘴上仍繼續與他一同唱著：「蕭蕭風雨，喔喔鳴雞。相思者誰？夢寐見之——」

樂聲驟止，我攤手。

現場掌聲轟然而至，賓客們紛紛起立拍掌，叫好聲不斷，「好詞」、「好曲」、「好樂」聲此起彼落，宮女們個個揮手投花，站在隔壁的太監也跟著投了木瓜下來，我從音樂一結束到現在不過幾秒，整個人身上都是花，只差沒有被木瓜砸到頭破血流。

回頭一望藍夜，藍夜以唇語告訴我：『國際上皆知我們相愛，琉晞，你作為皇貴妃，再也離不開辰甦宮殿了。』

十一　殊客來劫

金碧輝煌的宴會廳內，兩名身著薄紗的宮女，正翩翩跳著西域舞蹈，不時擺動纖腰，顏色鮮豔的輕紗飄動，快速旋轉的樣子十分艷麗。

後方有一排女樂官正在彈奏樂器，現場列座的賓客耳聽悅耳笙樂，眼觀絢麗舞蹈，同時享用著美味的飲食，都十分盡興。

樂聲停下之時，眾人一陣鼓掌。兩名起舞宮女一鞠躬，便退下場來，餘下中央一大片光華的空地。

於是眾人的日光回歸到皇帝的身上。藍夜一望，方向是來自蘇葉神殿的賓客所坐的位置。

「御風，秋水，你們對剛才的表演是否滿意？」藍夜笑問。

作為一名皇帝，口氣如此和善，再加上那一臉桃花笑靨，實在令聽者如沐春風，其他貴客也都希望自己正是被藍夜點名的人，可惜他們的輩分的確沒有蘇葉神殿的嘉賓，兩位大祭司要來得高。

那是一對傳說中天賦異稟的兄弟，他們在蘇葉神的神諭之下，由兩位祭司結合而誕生於此世間。

一頭黑髮自髮旋處綁起俐落的高馬尾，看上去十分年輕的男子眼帶鋒芒，全身是一襲黑衣綴以紅緞，再繡以銀色花紋。

他立刻站起來，曲身拱手，向龍椅方向道：「回皇上，臣深感辰甦皇朝之國力強大，文化先進，宴飲上的娛樂自是毫無缺點。」

藍夜聽了，面帶微笑，只是點頭，沒有理會那名男子過於多情的眼神。他望向紅衣男子身邊坐著的纖弱男人。

那男子身著一襲密不透風的白色長袍，從寬鬆的袍身可以窺探出那人過於瘦弱的身形。他就與身旁的男子同樣年輕，也是黑色長髮，只是剪了整齊的瀏海，瀑布般的長髮並無綁束地平披在身後，清秀的面色顯得蒼白而有病容，倒是一對眸子目光如炬，十分有神。

「御風，扶我起來。」纖弱的男子低聲道。

於是紅衣男子，御風，以熟練的動作將秋水自座位上扶起。秋水腳步蹣跚地站了起來，也拱手行了個鞠躬禮，向藍夜道：「稟皇上，樂舞皆十分完美，唯獨舞者稍嫌美色不足。」

「喔？」藍夜變了臉色，卻不是怪罪的意思，而是一臉饒富興趣的模樣，「愛卿何出此言？」

秋水又拱了一次手，這才望著藍夜，續道：「恕臣直言。辰甦後宮有如花團錦簇的花園，好花百出，爭奇鬥艷。今日的龍門宴可是宴請了辰甦王朝各個強大的兄弟友邦，如此一來，應讓最艷麗的花中之后上場，才算是做足禮節。」

「愛卿當下意思是——」藍夜沉吟，「宮女的級數不足，應該要讓孤的愛妃上場才是囉？」

「陛下明察，恕臣斗膽。」

「不，秋水愛卿，看來還是你知趣，你可以說是孤的解語花啊……」秋水的提議登時讓藍夜的笑意更為濃厚，「兩位愛卿，平身。」

「謝皇上。」御風與秋水一同行禮，御風又再扶著秋水坐下。這次秋水一坐下，就低低地靠在御風肩上咳嗽著。

琉晞看了秋水一眼，就見秋水一臉「我知道是你」的表情。

鋒芒一轉，藍夜望向琉晞，「素聞寧妃精通音律舞蹈，寧妃今日妝容精緻，足以擔當重責，希望孤的請求不會唐突佳人。」

琉晞本來還在看皇后，準備等好戲上場，沒想到要上場的，不是皇后卻是他。

琉晞起身，以女官的方式擺手行禮道：「謝皇上，臣當盡力而為。」說著就走下台階，來到會場中央。

藍夜很滿意琉晞的果斷，又目掃全場，揚聲問道：「在場有哪位有雅興的嘉賓，能與新立的寧妃娘娘共舞呢？」

「——回陛下，請讓臣一試。」

一道聲音出現得快又突然，一時間令人搞不清傳出方位何在，全場皆是為之一驚。

「喔……？」

藍夜的眼睛鋒利，一下就找到發話者是誰。

只見一名男子，束著綴有寶石的黑色頭巾，巾下耀眼的橙金色金髮順著肩頸垂下，衣為左衽，衣料顏色鮮豔，印花圖案十分特殊，衣服有腰帶、長袍以及寶石吊飾，全身帶有一股濃重的沙漠風情，唯獨一副薄面具遮住他的眼部，但是就臉型與五官來看，仍不失為一英姿綽約的英挺男子。

怎麼會有如此神祕的一個西域人想與琉晞共舞？藍夜感到更有趣味了，「好，雖然有些無禮，但是孤恩准你。」

「謝陛下。」行禮的方式是將手在胸膛前一擺，而非辰甦的行禮方式，更突顯出此人的外國背景。那人一得到首肯，便自筵席桌後一跳而出，來到舞場之中。

今日的琉晞，上盤的頭髮上插有名簪．金步搖，還綴有許多花型的寶石髮飾，耳環項鍊臂釵亦一樣不缺，身上的大衣、羅裙、披肩更是優雅大方，美麗得風情萬種，艷冠群芳，果然直接把剛才跳舞的兩名宮女比了下去。

藍夜欣賞了琉晞立在場中的身姿一會，這才開金口道：「傳孤旨令，奏〈春江花月夜〉。」場邊的女樂官紛紛開始奏樂，有的撥動琵琶，有的拉動與胡琴，隨著各種撩撥聲，和諧的樂聲四起。

那西域人上前，立刻摟住琉晞的腰，握住他的手。琉晞以奇怪的目光對著來人，先是對這種太貼近的動作感到怪異，又立刻感到面前人的氣息是極端的熟悉，他美目圓睜，低聲道：「燕麟，是你？」

「噓——」在琉晞耳邊細聲回道，燕麟笑著說：「不要大聲張揚，否則易華會被牽連的。」說著，帶著琉晞前退一步，後退一步，兩人溫熱的身軀隔著各自的衣物布料相貼，卻又依然能清晰感覺到其下的肌膚觸感。

「啊……！」感覺到自已的腰後還有臀肉都被捏了一把，琉晞頓時兩頰燒燙，低聲罵道：「放肆了你，不怕陛下看到嗎？」

「那又怎樣？他要用他那張生得好別緻的臉容跟我生氣嗎？這樣也不壞啊……」燕麟在琉晞的耳邊笑著道。

這讓琉晞嘆了一口氣，啼笑皆非。『果然是燕麟的個性。』

兩人簡直是貼面舞，成雙成對，毫無距離，而且雙方十分默契，跟著這快慢適中的樂聲，動得起伏舒緩；時而舉手，時而牽住轉彎，時而過場，身姿翩翩，不論跳男步或是女步的，都是艷光四射，舞得曼妙，毫無缺點，盡數捕捉眾客目光，令在場為之屏息。

看見琉晞與這不知名的外國人竟是如此耳鬢廝磨，藍夜握緊了拳，掌心都掐出指甲印，「大膽奴才，孤等等把那雙賊手砍了。」

「陛下息怒。」皇后隨侍在旁，挽著藍夜的手臂，切切安撫道：「不殺他國來使可是國際禮節，陛下斷不可對那位西域人做出如此之事，否則將在國際上貽笑大方，何況西域人本來就熱情好客，又不諳中原禮儀，臣妾觀那人服色形制，應是宓憐國之人，宓憐國的王子也在場，若令他落下不好的印象，兩國恐怕開戰，陛下應顧全大局。」

藍夜也心知肚明，只好按捺下來，「謝愛妃提點，有后賢淑，是孤之幸。」

「謝陛下！」皇后重謝皇恩，同時也鬆了一口氣，一雙眼盯著舞場看，只怕再出亂子。

〈春江花月夜〉一曲就如曇花一現，美而短暫。舞畢，燕麟和琉晞各自退開一步，方才親暱的模樣已不復見，只餘相對鞠躬，敬如賓客。

而燕麟朝龍椅方向上前一步，拱手半跪道：「臣還有一事相求。」

藍夜為了表示自己的風度，對剛才的事不予追溯，只道：「愛卿舞得很好，有什麼是孤能賞賜給你的？」

「啟稟皇上——」一抬首，燕麟藏在面具底下的眼露出賊光，「佳人絕世而獨立，實在難見。臣今日怕是紅鸞星動，但求陛下能答應臣一親芳澤的心願。」

「什麼？你這採花賊……」藍夜一聽，剛才好不容易壓下的怒火再度爆發，孰不可忍地罵道：「大膽！來人，將此小賊擒下！」

兩旁黑衣侍衛立刻拔刀上前，冷光在銳利刀鋒閃爍，人高馬大的帶刀侍衛們雙雙圍住燕麟，燕麟卻比他們快了一步，小步迅速登上台階，身形快得有如消失，一舉就擒下龍椅上安坐的藍夜。

藍夜細頸被燕麟捉住，一時反應不過來，只緊張道：「你……原來是逆賊，假扮成賓客，混水摸魚進來，實則要刺殺孤嗎？」

一旁皇后更是嚇得半死，指著燕麟，朝四方大喊道：「來人，救駕、救駕啊！」

「嘿。」一轉身，將藍夜纖細的身軀抱進懷中，燕麟自台階高處跳下，躲過了自四面八方圍殺湧上的殺陣。

燕麟忽感頭暈，視線不清，整個身子都震了一下。

侍衛們眼見機不可失，大刀、長矛、各類精良兵器備妥，再次一湧而上，又有更多大內高手出現。

琉晞看得心驚肉跳，就是不敢叫出燕麟的名字，心想：『易華在場，為什麼不來救燕麟？』

當視線重新恢復了清明，燕麟忽然感到整個人都充滿了力量，思考甚至開始不聽從自己的控制，就像是另一個靈魂寄上來似的，接下來的殺招，再也不是出自他自己。

燕麟反手一揮，帶動掌風，「哈啊！」雄渾內勁爆發而出，金光燦燦盡展不世根基，金黃掌氣橫掃而去，五爪金龍沖天而出，暴戾高傲轟殺不知多少人。

「啊啊啊——！」驚心動魄的一招，一大排人馬招架不住，都被橫掃在地，抽搐呻吟不起。

藍夜看得目瞪口呆，反而不敢亂動，發怒大罵著：「你們這些沒用的蠢材，平時是怎麼教習的，真到派上用場的時候，竟連護駕都做不到！」

被主子們一罵，侍衛們害怕責罰，一一掙扎著，自地上爬起身，刀槍劍戟一齊上陣，高手中的高手，各自催動內元，盡顯殺招，一排弓箭手自原先無人的樓中樓處倚欄而出，迸射出好幾枝強而有力的箭矢。

「憑你們也想打倒我？」

燕麟冷酷一笑，手一揮，真氣護體，箭矢擲地落下。

大內高手不願錯過時機，五六人一同衝上，燕麟橫掃一腿，劍指聚元，挾帶驚世修為，流利劃下，帶風一橫。

「**哇啊啊啊啊——！**」只聞現場慘叫聲不斷，半空四處見紅，燕麟四周的黑衣侍衛們分秒不差地一起倒了下來。

親眼目睹如此強大的武力，賓客們都驚嚇出聲，一場愉快的宴會頓時成了風聲鶴唳、草木皆兵的人間煉獄。

「嘖，這群蝦兵蝦將真沒用，行事還這麼魯莽，難道不怕我傷了他們的主子嗎？」

以高傲的姿態瞟過全場，最終，燕麟抱著藍夜，大搖大擺地自正門離開，途中竟然沒有任何人敢阻擋他，藍夜雖然掙扎，卻無法離開燕麟。

「琉晞，走吧。」燕麟回頭對著琉晞說。

半路上，遭遇御風和秋水攔路，燕麟停了下來。

御風開口道：「你不正是新任的紫紋大祭司嗎，遇到上司怎麼不用行禮呢？」

燕麟遲疑了，他見這兩人好像沒有意思要阻止他把藍夜帶走，可是他一直以為自己在蘇葉神殿裡偽裝得很好，沒想原來兩位大祭司早已知道他的身分。

「沒事的，燕麟。」琉晞看著他們，說：「這裡都是自己人。」

「咳、咳……」由御風攙著的秋水又咳嗽起來，御風連忙順著他的背。

秋水依舊是一臉病容，說起話來卻不條不紊的，他面容和善地徐徐道：「燕麟，神殿裡有什麼事都逃不過我們兩兄弟的眼，哪怕是琉神祭想要包庇也是相同，不過放心吧，要是想除掉你，我們早就做了，不必等到現在。」

「你們兩個，方才在筵席上還對孤畢恭畢敬，如今卻獨善其身，冷眼旁觀，孤真是看錯你們了。」藍夜心懷不甘地罵道，同時繼續掙扎。

御風低頭，拱手回應道：「陛下，雖然這樣的確是太失禮了，不過前些日子你對我們神殿的琉神祭百般凌辱，我們神殿忍氣吞聲，不代表不知情，也已經給您面子了。我們畢竟是蘇葉神的人，不是陛下您的子民。」

而秋水更是用手搧搧風，一臉風涼地道：「蘇葉神殿向來不是沒有能力反擊，只是苦於座落於此地，不好妄動罷了。」

聽到這裡，知道這兩位確實與自己站在同一陣線，燕麟才放心向兩位鞠躬，「拜見兩位大祭司。」

秋水點了頭，輕聲笑著說：「燕麟，你真是好風采，難怪琉神祭對你一見傾心啊。」

「啊？」聞言，燕麟自己都感到有點沒頭緒，感到一道毒辣的視線自懷中人兒眼中射出，簡直快要把他燒穿成洞洞人。

琉晞說：「他是神之子，我與他之間，沒有任何情感的成分，我只是他的僕人。」

秋水笑瞇瞇的，「這就很好，願你永遠清醒。」

御風看著藍夜，藍夜用哀求的眼神看著他，他卻仍舊用低沉的嗓音，對著燕麟說：「燕麟，這次有了新對象，你就好好玩吧，神殿裡其實有不少道具可供取用的，你先回神殿，我再找給你。」

這讓藍夜心頭一沉，「御風，你會後悔的。」

御風看著地板，捨不得再看藍夜，也沒有再說話。

燕麟一聽，兩眼都亮了起來，只是顧慮到藍夜的觀感，忍著不說話。

藍夜一聽，他乃辰甦的九五之尊，豈能被如此對待！又在燕麟的懷裡騷動起來，「刁民，快放開孤，孤不會饒過你，定誅你十族，夾你手指、拔你指甲，還要凌遲你！」

「每個人聽了都會更害怕吧，誰會放了你呢！」

於是他把藍夜攢得更緊，不讓他有任何逃脫的機會。

向御風和秋水行禮以後，燕麟便火速朝神殿的方向進發，又幸運在不遠處欄到一輛車，與琉晞、藍夜一起回到蘇葉神殿。

❖

「國家不可一日無君，孤不在朝廷的期間，皇位有可能被篡奪，甚至可能改朝換代！」

藍夜的雙手被粗繩固定在床桿上，腿部雖然沒有束縛，但是他顧慮到不好看，始終沒有亂踢亂動，看來剛才會在燕麟的懷裡如此騷動，純屬逼不得已。

燕麟看見藍夜語帶掙扎，眉宇間又帶著一股王者的傲氣，不禁感到好笑。「你真的生得很美，只可惜眼神太兇了。」

藍夜看到燕麟竟然毫不理會他，他從生下來開始，沒有人敢忽視他所說的任何一句話，一時間死如心灰，不再多說。一股寧靜瀰漫在臥室之中。

燕麟逕自走到床畔坐下，一手挑起藍夜的下頷，端詳他的面容。

長長的瀏海與鬢髮，蓋在他雪白的鵝蛋臉邊，一對睫毛纖長的銀色杏子眸裡彷彿有水在流動，特別惹人憐愛，還有精緻的鼻子與唇瓣，越看越覺得這人的面貌不像是人世間的人。

藍夜終於與燕麟正眼對上，不知道燕麟在打量他，此時燕麟已除下面具，藍夜才發現面前的男人長相果然十分不錯，但也沒多想什麼。

兩人無語良久，藍夜這才打破沉默：「刁民，你會殺孤嗎？」聲音倔強，眼中卻又帶有一絲懼色。

這個人怕死，燕麟心想，本來還準備了很多欺負他的說辭，不過望見藍夜這既強勢又無助的矛盾模樣，燕麟一下子沒了戲弄他的意思，只老老實實道：「放心吧，藍夜陛下，奴才怕死，怎麼可能會殺你呢？」

「劫持君主還是死罪一條，可判斬首。」

抽回在藍夜頰邊摩娑的手，燕麟別有意味地笑了，「那你回去之後，只要說，你是自願跟我走的，不就好了嗎？」

十二　落難君主

輕輕地婆娑過藍夜的面頰，燕麟的笑更加神祕莫測。他已經迫不及待想好好把這個人兒攬在懷中。

藍夜膝蓋往燕麟的下腹頂去，卻被他接個正著。

燕麟接住藍夜的腿，一手捧著，朝形狀好看的膝蓋處親下去。

藍夜輕顫道：「放肆！一介平民，怎可如此？」

「皇上的身分的確比在下金貴多了，但是……」

燕麟摩娑上藍夜的大腿，那裡的肉又細又嫩，摸起來特別舒服。「這裡可是蘇葉神殿，不再是你的宮中，你依然受到保障嗎？難道你沒看到兩位大祭司都對你肆無忌憚的？」

藍夜掙扎著想挪開腿，「你……！」他因為面前人的強勢而啞口無言。

「……到底要怎麼樣，你才願意讓孤回去？」

燕麟心想，也許要把他糟蹋到體無完膚，他才會乖乖聽話也說不定。他斜瞥藍夜一眼，「你擔心國家會被篡，關我什麼事？我有本事把你抓來，又為何要把你放回去？」

「就算辰甦國來要人，或者派兵打過來，他們難道敢違逆一直以來庇護辰甦國的蘇葉神嗎？這是辰甦國對蘇葉神不敬的懲罰！」

藍夜緊咬的牙關，已經用力到顫抖的地步。

「陛下，您想求人，也該懂得禮貌。口口聲聲『刁民』，我的名字叫燕麟，叫聲來聽聽。」

燕麟把藍夜手上的粗繩鬆開，他不讓藍夜有逃離的機會，立刻把他緊緊擒到自己懷中。

感受到燕麟紮實的胸膛，還有熱燙的體溫，藍夜顯得瑟縮。

「你想知道我為什麼綁你回來？想知道我為什麼能打敗你的禁衛軍？」

藍夜回手就想給燕麟一掌，但燕麟側身一閃，趁隙將藍夜完全壓倒。

藍夜此時整個人被燕麟壓制住，長髮披散在床面，屈辱的表情好像隨時都會哭出來似的。

藍夜不敢相信，自己乃九五之尊，如今居然落到這種局面，姑且不論實力能與他平起平坐的靖王，就是琉晞都對他有幾分尊敬，可是現在面對的這一個人，不能說是刁民，根本就是個流氓，是個野蠻人，虧他長得溫文儒雅的，行事卻是如此令人不齒！

燕麟不禁舔唇，「好美的人兒，在這裡一切都由不得你。」他從側面霸道地吻藍夜的唇。

「不──」

藍夜不甘心自己還被靖王以外的男人凌辱，當下就想咬舌自盡，但燕麟看出藍夜的企圖，重重甩了藍夜一掌。

「啪！」

聲音清脆的一掌，在藍夜俊秀的面容上留下熱辣的掌痕，嘴角淌下血來。

燕麟一對英眉皺得兇狠，低聲罵道：「陛下固然有志節，但為了這種小事就斷送自己的性命，難道對得起國家？你又不是女人，失節哪能成太大的事體。」

藍夜以袖子飛快拭去嘴角的血紅，被掌摑的那處仍熱辣作疼著，「就是身為男人，才難以忍受這種屈辱。」

「哼，好笑，尊嚴難道能當飯吃嗎？」

燕麟不給藍夜歇息的機會，再一次去啃藍夜的唇，把他柔軟的唇瓣包覆在自己的口中吸吮，再用力吮著他的舌，舔遍他濕熱的口腔。

「啊……！」

藍夜意外的敏感，光是這麼吻著，都足以令他洩出輕柔的喘息來。燕麟聽得簡直受不了，不想再浪費時間攪和。

「燕麟，等……等等……！」

藍夜沒想到在這種關鍵的時刻，自己會以這麼親熱而熱切的方式叫著這個流氓的名字。

燕麟聽見藍夜這麼喚他，滿足地回了一聲，「怎麼了？」但他完全沒有等待。

確確實實感覺到燕麟早已興奮，藍夜一陣驚恐，免不了又是奮力掙扎，燕麟卻大手壓住他背脊，確確實實地不讓他亂動。

「哈……啊啊……！」

乾啞一聲，藍夜蒼白的面容布滿一層細緻的冷汗，微張的唇吐息著輕顫，向後望著燕麟的眼神充滿了絕望。

「不行……不要……」他喃喃著。

「你最好不要再讓我聽到任何一個『不』字！」

藍夜抵抗的話語，正好讓燕麟享受到了罔顧對方意願的快感。

「你曾經是高高在上的皇帝，現在卻落入我的手中，我要澈底地掌控你……否則琉晞被你綁架的事，我無法消氣。」

藍夜像是絕望了般，細聲道：「你愛如何便如何，孤既管不著，亦管不得。」

聞言，燕麟抓住藍夜的下頷，仔細端詳他的神情，沒有波瀾的銀色雙眸裡，含著一層薄霧，彷彿隨時會流淚般，一張冷豔高傲的面容，卻顯得毫無情緒。

見狀，不知怎地，燕麟竟在此時此刻，打自心底對藍夜生出一股子愛憐的情緒。

燕麟本來按在藍夜消瘦的背上，那隻有力的手鬆了開來，他放開對藍夜的箝制，轉而將他擁入懷中，撫摸他色如星夜的柔順長髮。

「呵，我總算有點知道，為何你的國民會如此愛戴你這樣的昏君，又為何過了這麼多年，靖王不但沒殺你，甚至開始擁護你，原來呀，你是這樣的美人……和琉晞截然不同的美，卻又同樣不見容於世，如此稀世的尤物，我要將你納入我的寶物庫，成為我獨一無二的收藏品，我是不會放你回國的。」

十三 受神賜福的手足

又一個早晨來臨。御風今日並不打算一如往常地在神殿用早餐，他與秋水一同來到街上。

今日天氣甚好，難得有機會出神殿，讓御風的心情特別愉快。涼風拂動他高高綁束起的黑色長髮。

他們倆在街上閒晃了一會，終於在一處騎樓下的小餐館裡頭坐下，正要用早餐。

「怎麼了嗎？」御風看著秋水。

他平時看人，一對老鷹似的眼總是銳利而高傲，但是只有在他的弟弟秋水面前，他會斂起那股殺氣，並流露出無微不至的關心與溫柔。

「喔，」秋水指著隔壁桌，「你看那對老夫妻。」

「嗯？」御風望了過去。只見那桌的桌面放著一碗燒餅，裡頭只剩最後一塊了。老公公看起來很嘴饞，但他硬是把燒餅推給老婆婆，「妳吃吧！」

老婆婆一手放在肚子上，看起來也很餓，可是她一臉不放心，堅持推拒著，「老伴，你吃！你不吃，那我也不吃了！」

老公公說：「妳一定要吃，整塊都給妳吃，不然你怎麼吃得飽？我們都已經餓了好多天了……」

「唉。」秋水輕聲嘆著氣。御風眼光流轉，又定在秋水身上，他拍拍秋水的肩膀。

秋水抬頭望著御風，「其實辰甦國大致上算是不錯的，這樣的經濟狀況，每一國不都有嗎？這也沒什麼。」

「你居然想到經濟層面，我以為你在羨慕那對老夫妻鸞鳳和鳴呢。」御風說得認真。

「……」秋水看了御風一眼，隨後叫來店小二，塞給他一張銀票，「你給那桌老夫妻再上盤燒餅吧。」

「可是客倌，您給的錢太多了。」那小二攢緊了銀票。他心想，今回是來了怎麼樣的大人物，居然付給他銀票！他在這幾年內，從來沒有收過銀票，這是多大的數字！

「不夠的話還可以再添——」秋水正扯開衣襟，要再從裡頭拿些錢出來時，御風捉住他的手，逕自把他的衣襟扣了回去，並自個兒向小二說：「你去讓那對夫妻點他們愛吃的菜到吃飽為止，不要說是我們請的，要說這一切是蘇葉神的恩惠。」

「好的，少爺！」那店小二顯得樂不可支，屁顛屁顛地捏著菜單往隔壁桌去了，立刻就聽到隔壁桌一陣小騷動，接著是老夫妻激動地相擁而泣，偕同著一起跪在地上叩謝著蘇葉神。

秋水說：「你為他們製造了神蹟。」

御風還是攢著秋水的手，「蘇葉神給了我們這個機會，讓我們為祂施展神蹟。」

秋水笑而不語。

這時一名穿著圍裙的中年男子，端著熱騰騰的燒餅、油條和豆漿上來。御風和秋水互看一眼，秋水疑惑地道：「我們還沒有點東西呢。」

那男子道：「兩位好心人的到來，令小店蓬蓽生輝啊！我是這裡的老闆，一向最喜歡招待像這樣樂善好施的好客人了，你們不用付錢了，這些都是我請你們的。」

御風先說了聲：「多謝。」便拍拍秋水的肩膀，攬著他，低聲道：「等等。」他親手為秋水用紙巾把燒餅包了起來，這才妥妥帖帖地把燒餅塞進他手裡，讓秋水吃了起來。

秋水小口地吃著，端起杯子來喝了一口，姿態頗為端莊，御風則是端視著秋水，良久沒有動手。

店老闆看著總覺得奇怪，不禁開口問道：「小哥，旁邊這位是……你內人嗎？」

噴！

「咳咳咳……咳咳！」剛喝下一口豆漿的秋水，不小心噴了出來，接著不斷咳嗽著。御風的前襟被噴濕一大塊。他冷著臉，抽出手帕來，先幫秋水擦擦嘴，順順背，等到秋水完全平復下來，這才伺候著他繼續吃早餐，並悠悠地處理起自己的衣襟來。

店老闆很快就送來溫水和毛巾，替御風處理。幸好這豆漿沒什麼甜味，又不算難清，一下就沒有味道了，只剩一大塊水漬印在御風的襟上，並不髒。

秋水勉強吃完一塊燒餅，罵道：「老闆！你看清楚好嗎？好歹剛剛你們店小二也是叫我客倌啊！」

御風悠悠喝下一口豆漿，「客倌算是比較中性的用法吧，不就是客人的意思？那店小二就叫我少爺來著。看來他也很有經驗了，沒有確認身分的可是不敢亂稱呼。」

老闆越看越不明白，他看看御風，又看看秋水。

他開這間小菜館少說也已經半輩子了，看過無數恩愛夫妻，來用餐時莫不都是如此，更甚地面前這位少爺竟然把他的內人服侍得更加妥貼，處處以妻為優先，兩人也狀似親暱，靠在一塊兒……

難道他們不是夫妻，是、是正在交往的情侶，所以不能張揚？

「哈哈，不好意思惹得你們生氣了，兩位客人慢慢用，我先回去忙了！」說著，店老闆就回過頭去，往廚房走的路上，又不時回頭用餘光確認，看著這兩人行為明明就像是夫妻，幹什麼不好意思承認？尤其是那位年輕的夫人，看似頗為清秀安靜，未免也太怕羞了吧，很矜持啊。

秋水望了自己，再望了御風一眼，指了自己，再指指他，「我跟你，夫妻？」

御風啃了一口沾了豆漿的油條，隨手用手背拭去秋水嘴邊的燒餅屑，笑了一下，「能跟你當夫妻，這是我的榮幸。」

「再怎麼說，我也長得端端正正，哪裡有一點佞邪之氣呢？怎麼說我是女的，真是生氣——」

「也許是因為你平瀏海吧。不知怎地，平瀏海就是讓人覺得可愛。」御風閉了眼，又喝了一口豆漿。「不過有沒有平瀏海都無所謂的，因為你是我的弟弟，所以才可愛。」

秋水不知怎地，瞇著眼睛看他，一臉很疲倦又不屑的樣子，「那回神殿以後，我就把瀏海剪得參差不齊吧。」

御風沉默一會，把油條全吞進去，慢慢用紙巾擦了擦嘴，這才說：「別剪瀏海。下次如果還有人再認錯，我就說，我是你的老婆，這樣好不好？」

秋水扁扁嘴，這才覺得勉強能接受，於是繼續吃著燒餅，喝著豆漿。

早餐吃完以後，御風從菜館的柱子邊解下馬繩，馬長嘶一聲。御風將秋水一把抱上馬背，自己牽著馬，兩人往神殿的方向走去。

「你要回神殿了？」坐在馬背上，秋水往下看著正在牽馬走路的御風。

「不然你還想去什麼地方嗎？」御風走著路，往上望著騎在馬背上的秋水。

秋水撓了撓那一頭烏黑的瀑布長髮，那一頭亮麗的長髮被風拂動著。

「今天不是有廟會？有糖果，捏麵人、玩具刀，還有偶戲，感覺很好玩。」

御風饒富趣味地笑了一下，「你果然還是個小孩子。」

「長大了就不能對這些東西有點興趣嗎？」秋水神情複雜道：「人家是父母老把兒女當成小孩來看，你是我哥哥，卻永遠也拿我作孩子看。」

「因為你是我捧在心上的寶貝，我怕你真的長大了，就離開了。」御風牽著馬繩，曾幾何時視線已經不再對著秋水，只是望著遠方熱鬧的街市。

秋水語氣譏諷道：「難道你一輩子只要這麼顧著我？你不娶妻生子了？」

「不娶妻，不生子。」御風說得堅毅，「你也不准。」

「什麼？你要我們家斷了香火嗎？」一聽，秋水慧黠的面容顯得有些驚恐，「好吧，就算我們家還有三弟四弟五弟可以傳香火，可是你要我……那個……哪裡忍得下去……」

「我幫你打飛機。」御風說得果斷。

人生最大的享受莫過於——在一個最高的頂樓，為了最心愛的人，打飛機。這是一個御風不知道從哪裡聽來的邪魔歪道之說，而他莫名其妙地信以為真了。

秋水臉色一黑。「拜託！你不要在街上說這種事！」周遭來往的行人，臉色忽然都變得有些匆促。秋水很確信旁人都聽見這一番奇怪的對話。他壓低聲音來：「更何況，我自己不會打飛機嗎，何必要你幫我打。」

「感覺比較不一樣。」御風也壓低了聲音，「我總覺得你幫我打的時候，我會比較舒服。」

「……」

秋水看到兩三個經過的姑娘以手遮臉，不斷相互竊竊私語著，一邊死盯著他們兩人，一邊快速走了過去。

秋水確信自己教養很好，可是他從今天一大早就一直有被惹毛的跡象。

秋水已經不說話了，御風又繼續道：「你不夠的話，我都能配合你，只要你喜歡。」

秋水已經傻了眼，「……你怎麼不去死一死。」

「我不能死，我怕我先死，你會傷心難過，而且再也沒有哥哥能依靠了。我這輩子早就下定決心了，除非你先死，否則我不能死。」御風平平靜靜地答道，他又回過頭來往上望著秋水，「秋水，別再跟我玩笑了，我知道你都沒有這些意思的。你還是想問我能不能去廟會對吧？」

秋水勉強點了點頭，幸好御風自己先扯回了正題，否則他怕自己大病一場才剛康復，又要在街上跟哥哥劇烈廝殺起來。蘇葉神殿的兩位大祭司在辰甦街頭互鬥，這成何體統啊？但……這一切都是御風逼的！

「當然可以，不過你要先跟我回去神殿，把一些需要你經手的文件處理處理，反正廟會也是晚上才開始熱鬧。」御風看著秋水，「好嗎？」

秋水聳聳肩，「隨便。」公文什麼的，他不是很在乎。一年到頭，他總會大病個幾次，必須出神殿治療好一陣子，假如真的有什麼重要的公文需要倚靠他，那麼神殿早就倒了。

秋水知道，御風故意把部分重大的公文擱給他，有一些是不能太快執行的，例如神殿增建之類的，有些則是棘手的，例如他教神殿想與蘇葉神殿建交，需要靠秋水來回信周旋……無論如何，他總不覺得有何急迫性，不過既然御風都說了，那麼他也不好拒絕。

回到神殿以後，秋水進到自己的專用書房，即使已經半年沒回來過，裡頭還是一樣整潔如新。

秋水知道御風總是喜歡每天抽點空來替這裡打掃，把屬於秋水的環境維持得一塵不染，才不會讓他脆弱的身體再次生病。

充足的陽光透過落地窗照射進整個室內，書房中明亮舒爽。

秋水的心情原本滿不錯的，就在看到桌上那疊公文之後，他馬上搖搖欲墜。

「！」

御風立馬從後頭接住秋水，他把秋水攬在自己懷中，撫摸著他單薄的背脊，讓他靠在自己的胸膛上，「你看起來並沒有康復？」

秋水擺了一個死人臉給御風看，「你明知道我是受到那堆公文刺激，說話為什麼還這麼刻薄？」

「我嘴上忍不住對你苛薄，但你總不知我在心裡對你十分要緊。」

扶著秋水，讓他坐進屬於自己的扶手椅，御風站在扶手邊，拿起一疊公文整理整理，放到秋水面前，「不要誤會我對你不好，是你這次出去養病，離開得太久了。你總是有一定的工作量，我能幫你的有限。」

秋水在心裡偷偷罵了罵，就自筆座拿起鵝毛筆來，轉開墨水蓋，開始工作。

御風坐在扶手上，橫攬過秋水的肩，靠在他的耳邊，跟他提點了每份公文的大意。

秋水有時點點頭，開始在公文上寫下批閱的字句，有時則是沒什麼主意，這時，御風就會從後方握住秋水的手，用秋水的手，緩慢地在公文上寫著一些回覆。

兩人合作無間，處理效率倒是十分好，轉瞬間，那些模樣可憎的公文已經去了一半，不再有進度上的壓力。

秋水有些累了，輕輕嘆著氣，有些喘不過氣。

御風攬在秋水肩上的手，收攏了起來，把秋水鎖在他的懷中。秋水神色古怪地看了御風一眼，「怎麼了？」

御風笑而不答，隔著幾層衣物布料，頓頓地抓揉著。

事情突然，秋水的身子頓時軟了下來，「啊……」他深深吐息著，深陷進椅背之中。

御風輕輕囓咬著秋水的耳根，在他耳邊輕吐道：「你好好休息，我幫你。」

他的動作認真，對上秋水詫異的眼神，他明白秋水的疑惑，便用他渾厚的嗓音，低沉地回應道：「哥哥帶你做些大人才能做的事。」

秋水覺得很彆扭，他眼巴巴望著御風，只覺一陣說不出的尷尬，「……我們是兄弟……是兄弟！」

「蘇葉神跟摩拿神也是兄弟，蘇葉神每天使用摩拿神，以至於摩拿神最後分家了，發誓要對蘇葉神復仇。」

抬頭看著秋水，御風笑道：「那跟我們其實也沒有太大的關係，我知道你不會跟我分家，你根本少不了我。」

秋水呆愣得不知道該說什麼。其實他知道早晚會有這一天的，只是他天真地以為，他們之間到來的這一天，會永無止盡地延長。

他想一直把御風對他的好當作純粹的兄弟之情，儘管早慧的秋水從來心有所底，可是他還是情願以為他們之間的感情很純粹——除了親情以外，沒有任何雜質。

窗外的夕陽逐漸落下，把地平線染成了血紅一片。

御風與秋水交織在一起，御風親吻秋水的唇，秋水的大腿則是緊緊纏著御風的腰，就好像一生都不會將他放開。

十四　欲戰

有蘇葉神的庇護，蘇葉神殿向來陽光普照，盡顯神聖。明亮寬敞的蘇葉大殿中，黃金王位上，一人全身潔白，莊嚴高踞宛若天神。

左側，身著紫紋白祭袍，蒙著面紗的女祭司隨侍在寶座旁，另一側，黑色長髮高高綁束，大祭司呈現騎士半跪之姿。

在高置寶座的階梯之下，齊坐有十餘名白衣女祭司們。

寶座前，一位中年女祭司，喚作貝琳，她仰望秋水，兢兢業業地報告道：「秉祭座，辰甦國遣人送來戰書，表示神殿若要繼續囚禁涵凌帝，他們將不排除訴諸武力。」

秋水聽了以後，眉毛一挑，「喔？這種自我為中心的說法未免太有意思了。御風，你覺得呢？」他望向右側半跪那人。

傳說摩拿神還沒有離開天國浮里亞以前，在眾神棲息的弼錫殿之中，祂總坐在蘇葉神的右側，所以天界的王者，向來只把王座右側留給最重要的人。

御風朝秋水低頭道：「秉祭座，不妨一戰。」此話既出，引起在場一陣不小的驚嘆，唯獨守在秋水身邊的燕麟低低地笑了出來。

「不妨一戰」？

到底是想戰，還是不想戰？

一想到將會為了藍夜引發一場神與國之間的戰爭，燕麟就覺得有趣，實在太有趣了。

只不過在上古史書中通常描寫到此類戰爭，戰因往往是君王為了奪回自家的公主或是皇后，怎麼今回卻是王自己被綁架了呢？

辰甦根本接近亡國了吧，哈。

「主戰者是靖王嗎？」全身潔白，沐浴在神光之中的琉晞詢問道。

「是的。」

「靖王為何不自行篡位，卻想要回藍夜？我著實不解。」琉晞自問道：「或許，他是真心恨著藍夜，也真心愛著藍夜……我們該繼續俘虜他嗎？」

晨議結束後，燕麟先行離開大殿，隨即在圖書館外與易華會合。

幾個晚上前，燕麟還穿著宓憐國的傳統男裝，看上去英姿煥發，現在又穿回這一身女祭司袍，當真讓易華有些不習慣，使得易華東看西看，越看越有心得，把燕麟從頭到腳仔仔細細看了十分鐘，臉都要湊上去了，硬是還沒厭煩。

燕麟往易華一個飛踢，「看什麼看！」

「哎呀！」易華哀嚎一聲，以小媳婦被婆家打的姿勢瞬即倒地，他龜縮著用手臂擋住攻擊：「爺，別呀，這裡是公共場合！呀，不小心看到內褲了——」

「！」燕麟收起還在踹人那只高舉的腳，站回一個紳士的姿勢，尷尬地咳了聲：「對不起，剛剛拿你出氣了。」

「——唉，說來說去，還不是因為綁回了一個麻煩？藍夜事事都不情願，整天與我嘔氣，我好心餵他吃飯，他卻整天說要自殺，我簡直想把他送回國了。」

能強了一國之君一把也算燕麟太牛，他根本不知道藍夜的心理素質算很好的了，換作女人要是被綁架到人生地不熟的地方還被這麼汙辱，上吊的心都有了，才不只這麼悶聲抗議。

「我現在不是藍夜的人民，他憑什麼整天擺臭臉給我看。」

燕麟忿恨不平道，他現在的臉根本比被綁在房間裡的藍夜要來得臭上萬倍。

燕麟只顧著抱怨，根本也忘記琉晞以前用過更卑劣的方法整治過他——他到現在都還不知道，他當初說的預言是真正來自蘇葉神的感應，至於他會被抓進地牢裡，根本是琉晞搞的鬼。

易華看著燕麟嘔氣，實在於心不忍，於是幫著燕麟順背，「你愛面子，我叫你聲爺，這樣你就爽了吧？」

燕麟心血來潮又把易華踢倒在地，往易華身上踩的那隻腳動得猛烈，上身卻是文風不動地繼續抱著胸道：「還沒有說到你呢，你是造反了喔？我還以為你是全天界最不願意看我受苦的，現在琉晞不在，就連你都欺負我了！居然叫了三次你才肯來，怎麼捨得我等！」

「唉喲，你真難伺候啊——」配合著哀嚎，易華那表情簡直是痛苦並快樂著，他驚險躲開差點要踩上重要部位的那腳，抱上燕麟的大腿，「我之所以耽擱是有原因的，你不是擔心辰甦國發動戰爭嗎？這裡要告訴你一個好消息。」

「什麼好消息？」

易華確定燕麟不會再踢他了，這才抱著小小失落，站起來，正色道：「我的國家與辰甦國是世仇，涵凌帝先前還曾拐帶我國公主……雖然是她自己受藍夜的外表吸引才奔去的，可是涵凌帝不但不善待她，還將她冷落於後宮之中，以至於最後憂憤而死，這是我國國恥，摩拿神與蘇葉神好歹系出同源，若要開戰，我國必定兩肋插刀。」

雖然藍夜不算管事的皇帝，但他每天好好上朝、該批奏摺就批，不曾怠工，在丞相的指示以及六部運作之下，國家也算安樂，如今卻要挑起戰爭，對象還是蘇葉神殿。

一想到戰火可能會燒盡這個步在正軌上的國家，這讓自居上國的辰甦國，自宮裡到民間都鬧騰不安。

「湘婉，妳別難過了，會放著藍夜那廝受苦，大哥也是想替你報仇啊。」那頭，靖王低聲道，聲音依然孔武有力，不怒自威，就是語尾放柔了不少。

除了藍夜，還有誰能讓靖王殿下如此柔聲？原來是韓皇后依在靖王胸膛前，楚楚可憐地道：「表哥，你別再那樣了，快點把陛下救回來吧！你明知道我無法承受失去陛下的痛，現在朝廷上又很沸騰，甚至有一派臣子主張要立你為帝，這樣不就違反先帝遺詔？」

十五　春江連海共潮生

自從藍夜被擄回蘇葉神殿，轉眼間已過一旬，自不用說，辰甦國與蘇葉神殿兩方之間的情誼也在這段期間降到冰點以下。

雙方曾互遣使者溝通，領導者也互相修書數封。

不論秋水還是極湘，兩人同樣倔強的個性，挑釁意味十分濃厚，再加上藍夜當時是在眾目睽睽之下被擄走，官方還來不及封鎖，消息已傳遍國際，對辰甦國而言是很大的恥辱。

在人民普遍有著「國不可一日無君」的觀念以及戰火威脅之下，辰甦國遂爆發移民潮，許多國民紛紛出走至四方鄰國。

這些鄰近國家如宓憐國、羅剎國、薩稔國、奇亞國，平時佯裝與辰甦交好，其實大家都吃過藍夜的悶虧，列王都沒有要阻止移民的念頭，各國大有看笑話的意味，樂於接納這些未戰先走的「難民」。

現在的藍夜沒有被撕票的疑慮，卻很有可能自行凋零——沒有人能在成為階下囚以後，依然保持身心狀況的良好，就是燕麟這種蟑螂角色都曾經在蘇葉神殿的黑牢裡死去活來的，更何況是養尊處優多年的藍夜？如今他的精神與健康更是每況愈下。

蘇葉神殿建於空念山上，天氣偏涼。會在神殿裡活動的大多只有蘇葉祭司，絕少有外人得以進入內部。

比之祭司們有神護在身，抵禦寒冷氣候不成問題，但是貴為王侯的藍夜，終於在受燕麟凌辱，又沒有得到妥善照顧之後病倒了，根據秋水的診治，是感冒。

「哥，你要去哪裡啊——？」

「！」

被抱著一疊公文的秋水從後方喊住，御風纔回首，卻見秋水身體本已病弱，抱著公文的細弱手骨更在發顫，才走一小段廊下的路程，已使得他嬌喘微微，香汗點點。

御風隨即闊步去將秋水懷裡的公文盡數抱走，「你貴為祭座，怎麼沒有人來幫忙你？」同時空出一隻手來，抽出胸襟口袋中的絲帕，仔細替秋水擦去額上的細汗。

『我就是不要別人幫我送公文，好讓你這個蘇葉兩位大祭司之一，祭座右翼的首席騎士來幫我跑腿！』

秋水暗想道，假意「咳、咳」兩下，好像隨時都要昏倒的模樣。這讓御風攙扶得更是關切，「昨天明明才餵你吃過藥，怎麼看起來還是這麼虛弱呢？」

「哼。」自從與御風有了更上一層樓的親密關係以後，秋水對御風幾乎沒了一點最基本的兄弟義理，再加上秋水的個性本來就喜歡說話損人，在調戲大哥的份上也就更不客氣含蓄了。

「你餵我吃藥又怎麼了？你可以安分一點餵我吃藥嗎？可不可以不要在我喝水的時候把手伸進我的睡衣裡？可不可以不要一邊喂我吃藥一邊用你又大又粗的手掌揉我沒穿褲子的大腿？」

附近的女祭司們經過，全都不約而同低頭，腳步還放得特別慢，全都在偷聽蘇葉神殿的高層機密八卦……這就是女人的天性。

御風才想道歉，又覺得好像沒必要道歉，秋水已經蹙起煙籠眉來，嘟嘴道：「我還沒病死也遲早被你弄死。昨天還跟我……今天倒要去哪了？看這個方向，是去關心你的藍夜！」

御風被秋水說得啞口無言，而秋水還沒有要收山的意思，也沒了方才喘氣的嬌弱模樣，中氣十足地連環罵道：「先前你跟我一起在龍門宴上作弄他，甚至不反對燕麟把藍夜帶回神殿，我還以為你已經對他死心，想不到你還沒有嗎？你是為了要一親芳澤，才沒有阻止燕麟吧？」

「從小你就認識他，還為了他不惜多番違反神殿禁令，把自己累得要死，你那時簡直是失心瘋了！藍夜那種男生女相的佞胎是禍水，他那種行事作風還像個帝王嗎？你跟他真是孽緣！不該有的就早點斬斷吧，你要是再跟他藕斷絲連……」

在秋水準備抽出法杖，凝聚出神氣，爆出一大顆雷電球即將轟爛許多根神殿的羅馬柱以前，御風驚險地奪過秋水的法杖，「——秋水，懂事點！他……是我的故人，如今奄奄一息的，能不能看見下一個日出都不知道，我難道能橫下心不去關注？」

「那算什麼？根本只是不適應神殿的天氣才感冒發高燒而已，你看他軟趴趴一副要死不死的樣子，其實哪有想像中這麼嚴重？真是要死，也是他玷污琉晞的懲罰！琉晞是蘇葉神的妻子，除了蘇葉神本人以外，沒有任何人有資格碰他，藍夜這個膽大妄為的傢伙準備遭報應吧！」

「秋水，你不是生病嗎？怎麼罵起藍夜來特別有精神？他究竟是哪裡惹到你了？」

御風斂起木然的面容，正色道：「那你怎麼不想想燕麟？燕麟當初為什麼會被關入神殿的地牢，原因你再清楚不過，主持整件事的人就是你。難道燕麟就可以對琉晞不軌嗎？」

秋水先是一番苦笑，接著湊到御風身邊，按著他寬厚的肩膀，往他耳畔細聲道：「琉晞曾告訴過我，他們第一次見面是在三重峽，單是那一次，琉晞就感覺到了蘇葉神的神氣……你知道這意味著什麼嗎？」

御風一聽，難得臉現波瀾，細長的鳳眼一瞇，咬緊下唇，重重吐了一口氣。

「這意味著，不知在多久後的某一日，我與你，甚至琉晞、藍夜，全都要屈膝在那個小鬼的面前，因為他是——」

「捲土重來，君臨世間的蘇葉神。」

替秋水送完公文以後，御風特意走曲折又漫長的路線，繞過神殿好大一圈，才輾轉回到琉晞的房間。

此舉完全是為了避開秋水的二度攔截，一想到秋水竟是這麼反對自己去探視，藍夜不禁感到一絲心虛。

一邊快步走著，御風低首，絲絲烏黑長鬢遮蓋他剛毅的側臉，他喃喃道：「秋水，你不能阻撓我，我知道你根本就無法離開我，你是我的東西……而我待在這蘇葉神殿，浪費多少春秋，都只為了與藍夜……」

還記得當他終於得見藍夜，那時藍夜已經十六歲，他出宮了，被封為麗王，還在他的封邑絳州，他的王爺府名叫「平寧府」，他一直在追求心靈的安寧，他封琉晞為「寧妃」，定然是將琉晞當成自己的避風港。

他其實很羨慕琉晞能得到藍夜的寵愛。

御風以為那時的藍夜，再也不必受宮中的悶氣，能像隻無所畏懼的大雁一樣，在外頭展翅高飛。

御風離藍夜太遠，他無法明白，十六歲是藍夜痛苦的開始。藍夜的神情從此變得更加冷峻，彷彿隨時都不歡迎他人接近。

御風迫切地想與藍夜說話，藍夜的面孔卻生疏得好像他們之間不曾有過什麼。

藍夜的高貴，令御風心揪如麻。

藍夜曾說：「御風，你的樣貌已經與小時候不同，你長大了，可以更明白孤王的意思，不要再自願深陷。」

「別這樣，藍夜，我想像以前一樣對你好……」御風幾近哀求道。

藍夜一挑修眉，口氣嚴厲道：「注意你的身分，你是蘇葉大祭司，而孤王的身分自不由說，你還想再從孤王身上得到什麼？我們至於如此嗎？」

「藍夜，我心裡永遠都會留個位置給你。」

「你以為一枝花就能代表我們之間的誓言嗎？」

藍夜見到御風緊咬的唇角，輕笑出聲：「你根本不是想給孤王什麼，御風，不如你告訴孤王，你想要孤王給你什麼？」

——我想要你的愛……哪怕一點點都好，就像以前那樣，但是，對現在的你而言，已經是最大的苛求！

藍夜的眼神始終緊抓著御風，他的話語在推開御風，眼神卻捨不得御風走。他淡淡地開闔唇瓣，御風看著，一時間竟聽不見藍夜在說什麼。

『忘了我吧。』

在那之後，他們之間的會面總是會夾帶著秋水，也沒有了事隔八年以後的初見，那般激情與窒礙並存的矛盾氣氛。

他們好像忽然變成朋友——虛情假意的朋友，就是連給彼此作朋友都不配，但又必須如此。

藍夜眼神帶笑，端麗的臉頰上總是有股媚人的誘惑，雖然他無意如此。

「御風，你的態度完全變了，變得很好，這才對。只要記得，你是孤王的蘇葉特使，而孤王是你的頂頭上司，你地主國的王爺，一切就妥當了。」在這同時，將一袋沉甸甸的金子交到御風手上，這是麗王贊助的，蘇葉神殿增修的資金。

御風雙手接過錢財，不論是心還是身此時都顯得極端卑微，果然是拿人手軟，但是在民生凋敝的此時此刻，除了這位向來出手闊綽的麗王、受到皇帝寵愛的美麗王爺以外，再也沒有別人願意提供資金，作為例行的神殿增修用途。

多麼希望自己不是蘇葉神殿的人，如此一來，就不必再見到這個無情的人。

失去這份初心以後，竟是變得比誰都淡，淡得他自己都害怕。

偏偏這個人還想再更過份地待他，竟然指定自己作為他的特使……本該斷絕情誼的兩人，只好繼續見面，這麼吸引他的人，卻不能用情，也不能動情。

御風默默將錢交給侍者，屏退左右以後，與藍夜平和地隔著一張小矮几對坐著。

御風主動將手覆上藍夜細嫩白皙的手背，「你有沒有可能成為我地主國的皇帝？」

「與你在一起，在成為皇帝這條路上著實困難，但既然已經與你分手……」

藍夜微笑，這抹笑，迷魅得教御風嘔心。

那是超越年紀的成熟，超越性別的美。

這樣的姿色，恐怕就是以後藍夜最大的籌碼了。他的兄弟們保護他，願意為他而死，而他的父王也願意寵溺他。

藍夜道：「孤王以後若當真有錢有勢，也許會考慮把你召進宮，作孤王的近侍官，作孤王的男寵。」

但是這份考慮，也就只是一時間的考慮，從來沒有成真。

即使御風想，藍夜也不捨得。

即使藍夜想，御風在神殿的年資也太高了，他與秋水是天賦異稟的天才兄弟，他們一出生就註定為神殿效勞。

在藍夜心中，御風的地位始終不曾變得卑賤過。

房門外平素有人看守，但是女祭司們一看見是御風，全都自動讓路，絲毫不敢攔阻。

撥開層層委地紗簾，映入眼簾的淡花壁紙總是予人淡淡的安心感，在房中縈繞的麝香本質上就與其主人一樣華貴，還有擦得發亮的精緻紅木傢俬，收拾得一塵不染的周遭陳設。

薰香中多混了一絲甜甜的紫檀香氣，悠悠擴散開來。御風一直都很熟悉這個味道，這是獨屬於藍夜的古典氣息，只有藍夜才調得出來的適量馨香，藍夜果然在這裡。

望去，一個委頓的人影，雙手被鎖鏈緊緊綁縛在床頭，疲憊的身子軟軟地垂在床尾到床頭的金扶手之間，根本無法安躺休息，難怪病一直都沒辦法痊癒。

這怎麼會是他一向熟悉的，霸氣的藍夜？

御風瞠大了雙目，眉心皺得厲害，緊咬的牙關森森滲出一句粗口，他大步流星，右手兩指凝作劍勢，聚集一股真力，迅雷而下，剎那斬斷兩道鎖鏈，所有對藍夜的束縛「咖啦」一聲盡數脫落。

「呼嗯……！」

忽然的衝力使得藍夜整個人摔倒在床上，撞擊讓他的呼吸緩不過來，痛苦地咳出幾聲。

御風跪在床畔，順著藍夜的背。

藍夜勉力撐開沉重的眼皮，高燒之下他的意識朦朧，頭暈更讓他看不清來人。

一雙掌皮粗糙的厚實手掌溫柔地捧上他的臉頰，這般手感令藍夜如此熟悉，一時間沁涼的清聖氣息全注入藍夜體內，讓高熱的他舒服很多。

御風將藍夜抱上床鋪安躺，坐在床邊道：「或許當初讓燕麟帶走你，是錯誤的選擇，可是沒有那件事，或許我一生都無法再這樣近距離地看你。」

視線清晰以後，躺著的藍夜仍然沒有力氣歪頭去看這個治癒他的人到底是誰。

蘇葉神殿不是辰甦宮殿，在這裡即使他生病，也沒有人過來理會，甚至將他擄來的燕麟都不曾費心照料過他，如今則是頭一遭有人對他這麼溫柔。

藍夜眨眨眼，表情沉了下來，成了一種無力。雙手不再被鍊著，讓他整個人都輕鬆下來，下意識地想好好休息一番。

如今的蘇葉神殿不再是與辰甦國締交千年友好關係的聖所，這是因為他對神祭琉晞的偏執、自己對玷汙聖物的渴望，驅使他封琉晞為皇貴妃，這讓蘇葉神殿成為敵營。

身處在自己一手造成的虎穴，藍夜明白，自己是昏君，自己讓他深愛的辰甦國陷入凶險之中。

「我會守在這裡，不會讓任何人來傷害你。」

警戒的心全瓦解了，睏意如潮水般洶湧而上。

藍夜沉沉地閉上雙眼，意識陷入一片無盡的黑甜鄉中，回溯至那叫喚他的人，與他之間在十四年前所發生的往事——

我是一個不祥的孩子。

在我出生前不久，曾有漁民打撈到一尾外觀極為特殊的怪魚，還在剖開魚腹時從中找到一塊木板，上頭用歪斜的文字如此寫道——二皇子不吉利。

這種無稽之談本來並不應該被相信，照理來說只有在民智未開的國家，這種傳聞才會風行起來。偏偏高祖便是靠散播貞卜的方式，使民心動搖，才得以進一步推翻暴虐無道的前朝，因此我朝向來都特別倚賴這些神祕的咒語、符號以及卜辭等等人所不可知的事物。

我並不想承認自己是命中帶煞之人，但是在我出生當晚，正好有一顆彗星劃下，大家都說彗星是掃把星，拖著長長的尾巴，很不吉利。

我不懂老天給我開了什麼玩笑，我還是在凶年凶月凶日凶時出生。宮廷裡的數術士曾經指算過，恰巧在這種時候出生，比一個人活到一百二十歲的機率還要更低，而我的這種命格，就代表著每天對我而言都可能是死期。

我生來就是雙手斷掌，血色横劃，這樣的掌相，大起大落，愛人到深處而不生怨尤，恨人則是入骨都無法削除，或男或女，都不是好掌相。

我不認為我真的不祥，至少我生下來以後，國家沒有發生什麼災難，皇室的人也沒有任何異狀。

但是我的家人們都覺得，之所以沒有發生任何災難，是因為他們有先見之明，將我冷落。

我是二皇子，照理而言，我應該要接受最好的教育，享受最舒服的環境，但是我的母后決定要當作不曾生過我，所以我差一點從皇子之中除名。

當我長大以後，我出落得越來越像母后，這才讓我的父皇與兄弟都對我改觀，他們開始照顧我，對我贖罪。

小時候，我和失寵的后妃們一起住在冷宮，一天只有一餐飯，穿著最破舊的補丁衣服，沒有人會來服侍我吃東西，我還必須先將井水裡的青苔撈掉，才能用自己打上來的井水洗澡，就算到最寒冷的冬天都依然用冰水梳洗著，這裡連柴火都不配發，感冒也從來沒有人照顧過我。

會被差派到冷宮服務的宮婢與太監都是行為有偏差的人，在無人管束的情形下，許多還不到對食的資格，他們就耐不住寂寞逕自結為連理，時常在冷宮裡的各處雙雙對對做著一些互相猥褻的行為。

那些賤婢還會擅自將我一天唯一的一餐吃掉，有時看我可憐，才把她們吃的粗糠施捨一點給我。

在更多時候，我是餓肚子的，只能靠喝水度日，越喝越餓。至少，這裡會長青苔就代表水源乾淨，宮裡的井水並沒有任何污染，不然哪天我被水蟲暴體而死，都不會有人發現吧。

我完全沒有機會見到母后，就算我一生下來就被抱入冷宮，交由裡頭失寵的嬪妃們帶大，我還是不想承認母親否認她生下我的事實，因為她的身分高貴。

不知道在哪一年，母后死了，聽說是被別的妃嬪在糕餅裡下藥毒死的，那位妃嬪也被處死了。

我連她的最後一面都見不到，理由是母后到死都不認我，我是庶出，不得參與她的出殯。

我不曾見過母后，對她的長相還是有概念。我問過其他人，母后生得漂不漂亮？

她封后以後依然得寵，她的承恩宮是父皇經常擺駕的場所，宮如人名，她承得許多雨露，當然生得國色天香。

照顧我的梨妃、湘妃，或是後宮打雜的太監阿三、小六子都說我長得跟她很像，但是較之她而言，她的脂粉味太重，穿戴得太俗氣，我比她清新許多。

我一直都不相信這一點，不認為一個男孩子能生得跟女人很像。

直到熬過十六歲那一年，我被父皇封為「麗王」，終於能出宮居住，不用再忍受這些虐待。

我取得整理私物的允許，才在母親的寢宮發現她的畫像——我和她，簡直像是一個模子印出來的，眉、眼、鼻、口、臉，都何其地像……我就像她在世界上的分身，母后卻不認我。

我長得一點都不像父皇，父皇雄偉有氣勢，長得最像父皇的，在十四位皇子之中，就屬皇兄極湘，可惜他也是個不折不扣的爛人，就跟我父皇一樣。

就連血緣相繫的家人們都不得見，我就這麼過著與世隔絕的日子直到八歲，在我的人生中，終於出現除了嬪妃、宮婢、太監以外的第一人。

那是個與我一樣大的孩子。

御風當天來替我觀相。

皇后一直想殺了我，在所有兄弟之中，只有我的歲數與極湘最相近，我與他不過相差三歲，我最有可能替代他。

我會一直住在冷宮，直到六歲仍未能進入御書院中學習，都是母后在父皇耳邊吹枕頭風所致。她不希望我這個不吉祥的庶出，成為大皇子的威脅。

母后當然也能派人暗殺我，但是殺死皇子要是被告罪，將會使她鳳位不保，所以她想取得御風一句「二皇子是不幸之人」的占卜結果，才能名正言順殺了我，認真算起來，說御風當天是奉命來殺我都不為過。

御風見到我以後，沒有告知來意，卻說他是第一次來這座辰甦宮殿，不小心迷路到這種偏僻的地方。

我怔怔望著他。

他溫暖的手放上我的頭，溫柔地摩娑我的髮絲，「這麼漂亮的孩子應該要穿著錦袍，在美麗的宮囿裡活動才對，怎麼會窩坐在這個破爛地方？該不會是很餓，沒有力氣動吧？我這裡有燒餅，沒咬過還熱騰騰的，你快吃吧。」

那是御風的早餐。

他看見我的情形，二話不說就把油紙包從衣襟裡掏出來。

油紙包還在冒薄薄的蒸氣，還很燙，從小到大我都在吃別人的殘羹剩炙，何曾有過真正溫熱完整的一餐？

顧不得這是不認識的人，也沒想到下毒的可能，我餓瘋了，一把將油紙包搶過來，一口一口把燒餅咬下，雖然是別人施捨的，我卻好高興……

「果然是太餓了，怎麼會這樣？竟然都沒有好好吃飯。」

御風與我同年，可是我吃得太少，這使得他的身量比我優越不少，看起來就好像他的年紀比我大似的。

他拿出手帕替我擦臉，當時熱淚模糊了視線，使我看不清御風的臉。

第二天，同樣的聲音再次叫喚我。

我不是靠他的臉來辨識他，而是依憑著他的溫柔聲音來認出他。

我知道他從第一次見到我，就對我有異樣的好感。

他的聲音特別開朗，我知道他對我很好，跟他在一起，我也能過得好。

昨天有人在四處找他，畢竟是有公辦在身才出門，御風就急匆匆離去了。

這一天，他又告訴我他有公辦，直到後來，我才知道原來他都在騙我：

其實他是蘇葉神殿的人，他根本不可以進入辰甦宮殿。

他總是趁著前一天夜晚眾人就寢時，違反神殿規定，偷偷下山，坐車遠道來看我，才會在每天早晨到達。

他之所以不告訴我真相，只是怕我擔心他……

怎麼可能？

「藍夜，我只是無聊才來看看你罷了，你別想太多。」他若無其事地說。

「好好好，你別這個臉，我……真的很想你……很在乎你，才忍不住又來看你。」他一臉苦惱地笑著，「你不是我的玩具，我是你的玩具。」

維持了好一段時間，他每天都來看我。

八歲的御風有一位六歲的弟弟秋水，秋水也在神殿工作，有時會偷偷來找他，規勸他快點回去。

我從秋水凌厲的目光裡看出他對哥哥的愛意與佔有慾，還有對我的恨意，每當御風揮手叫他離開，他就半聲不響地走開了，沮喪的嘴角憋得厲害。

我其實很羨慕御風，也很恨御風，因為我的兄弟對我何其刻薄，我不像他有個這麼好的弟弟。

我也不喜歡御風，他就算對我好，也並不是我的兄弟，更不會改變我悲慘的生活。

神殿與王宮之間有段距離，再加上要規避神殿的規矩，探視我顯然成了他的一大負擔。他的眼袋上開始浮現黑眼圈，腳步也特別虛浮，絲毫不是初見時颯爽的模樣。我體認到，我們之間就是要作普通朋友，都困難得可悲。

有一天，他笑嘻嘻地揣著一枝藍色的花送給我。在當時，只有像蘇葉神殿所在的空念山，這樣高度夠高、天氣夠冷，還有充足地氣之處，才得以種出稀有的藍梅樹。

摘折神殿的花木，視同侵犯蘇葉神的個人財產，被發現可是會受鞭刑，像御風年紀這麼小的孩子，長刺的大鞭子只要打個三鞭就終生殘廢了，打完十鞭豈不是會死？但他真的不在乎，膽子竟然大到去折一枝藍梅送給我。

我收下以後，直到那枝花即將在花瓶中枯萎，才在百花苑中精心找一個好地方埋起來，誰知道那枝藍梅好像自己有生命一樣，逐漸長出一棵藍梅樹，在我十六歲初見琉晞那年，生得最為旺盛。

琉晞想離開我的時候，我揍了那棵樹一拳，琉晞就自己停下了腳步。

我覺得那棵樹是一棵會傾聽我的願望，更會實現我願望的，有魔力的樹。因為它來自蘇葉神殿。

還記得御風才當了採花賊，採的還是神殿的花，神情尤其緊張，把那枝花遞給我的時候，是一邊顫抖，一邊笑瞇瞇地請我收下，絲毫不敢怠慢。

「你覺得我會喜歡嗎？」

大概是我回答的語氣太冷，御風又是拼死去摘這朵花，可能他也沒有能力送我更好的禮物，這已經是他最大的心意了，所以他一聽到我的話，臉色簡直青到可以開染坊。

「藍夜是男孩子，就不喜歡花嗎？」

我把藍梅舉起，硬是不讓他拿回。

在他回去以後，我翻遍冷宮，終於找到一只沒有破裂的漂亮瓷瓶，將那枝鮮藍的藍梅盛在裡頭。我每天都看著它，讓它陪著我入睡，看見它，就好像看見送它給我的那個人。我愈發惦記他……

難道我與你，真是有緣？

我是命格極凶的人，註定得不到幸福，孤獨的面相、手相頻頻提醒我，將不會有人陪我終老。

御風能不能一直陪伴我？還能繼續對我好嗎？

可是我能把心放在御風身上嗎？

就在我思念御風的時候，自金鎖重門的深宮，傳出一曲悠揚的樂聲。婉約的女聲，伴隨二胡圓潤的音色，歌聲婉轉而動聽地唱出我最愛的一首曲子，〈春江花月夜〉：

春江潮水連海平，海上明月共潮生。
灩灩隨波千萬里，何處春江無月明！
江天一色無纖塵，皎皎空中孤月輪。
江畔何人初見月？江月何年初照人？
人生代代無窮已，江月年年祗相似。
……

御風再也沒有過來。

日日的期盼，夜夜的等待。

我曾手信託宮人送出，甚至抓緊機會趁著祭典期間訪問神殿，但是我從未得到御風的口信，也未曾在神殿見到御風的身影，只看見秋水冷眼看我，彷彿在嘲諷我似的。

我慢慢理解到，我在期望一個不該寄託信任的人，他有他的日子要過，正如我也有我的日子要過。

時光悠悠長逝，我慢慢長高，長壯了，現在的我什麼都不需要，只想讓自己變得更強。

許久沒有見到他，使得本來就情薄的我，自然忘記了我與他之間曾有的點滴，就是硬要回憶，都無法憶得完全，曾經濃烈籠罩心頭的情感，也淡得無法再重新體認了。

八年後，這是比我們在一起要來得更長許多的歲月。平寧府初落成，御風代表蘇葉神殿前來祝賀喬遷。

八年之間發生的事情太多了，父皇病入膏肓、病得太過澈底而噁心，皇兄極湘提劍殺我，宮裡暗自洶湧……太多太多，經歷過這些，我的心已無法再安於平凡。

十六歲的御風簡直要讓我認不出來，他烏黑的頭髮留得很長，綁成馬尾，不變的是他擔心的臉，在他的目光裡，我看見以前的自己——曾經相信御風的自己。

連父皇與皇兄都想對我不利，這是我世界上最親近的兩個人，而今我還能信任誰呢？

如今跟著我一起出宮的這些人，有哪個不是躍躍欲試參與皇位爭奪，以後想分一杯羹的？

但願無心。

十六　金粉華夜

宓國宮殿中，金燭臺上的燈火正在閃爍，水狀的燈油映照著燈芯的明滅。

易華身著宓國傳統服飾，上身赤裸，僅裹著紫紅鎖金薄絲紗，下身著印有鮮紅鳳凰圖騰的白裹腰布，長至腳踝，在布料自然垂落的開衩處，易華白蜂蜜色的大腿根側清晰可見。衣著雖然簡單，身上裝飾卻繁多，大多是金或銀製，紫紗上的金鈴尤其會隨著晚風吹拂，響動清脆誘人的鈴聲。

此時，自一整面鏤空白牆製成的窗戶看出去，遠方是一片深藍染著橘火紅，已有幾顆明星在淺空的暗部閃爍。

沙漠風情……真是令人招架不住……

燕麟愣愣地看著，終於忍不住走到窗邊。

在那面挖出四方形的牆上，易華正倚靠而坐。燕麟將身子湊上前，陶醉地呼吸著易華身上的龍涎香氣，這是高貴無比的香料，若非皇室，斷無財力購買。

燕麟的眼色瞇瞇地直盯著易華不放，易華原是找他來討論事情，燕麟卻心猿意馬地心道，為什麼過去從沒發現這個人這麼有風情？

細細看來，琥珀金的眼裡彷彿有琉璃光澤在流動，就像勾引人的新釀葡萄酒。

燕麟嗅著嗅著，一手撫上易華的臉頰。雙方一對眼，燕麟賊笑，一低頭，嘴往下湊上富有骨感的鎖骨囓咬著。

「燕麟……？」

易華一聲叫喚。平時對易華不甚服貼的燕麟，如今像是見到魚肉的貓一樣，迅速抬頭望著易華，眼神閃動不可知的企圖。

平時沒有好好珍惜他，真是太過失策了……

沒想到易華真是不折不扣的美人，他是與琉晞截然不同的美，星夜般的黑髮，鵝乳黃色的肌膚，上挑的狐媚眼角引人遐想，就像他身上的馨香一樣略帶陽剛的神祕東方美感。

燕麟往前一湊就想吻上易華的唇，沒想到一向對燕麟頗為周到的易華，反而不急不徐地伸手擋住他的臉，反手把燕麟的臉撇向一邊。

「我不容許你對我無禮。」儼然變了個人，不容侵犯的高貴語氣彰顯他的王子身分。

燕麟這人最油條，得不到的他不會強求，但總是會想辦法周旋到手。當下易華不讓他嚐一口芳澤，他也就乖乖撒手侍立一旁。

天很快就轉黑，抹了點金沙的紫羅蘭色天空黯淡下來，成了深深的湖底藍，白色基調的房間也跟著暗沉。易華一直若有所思，他的不語再加上燕麟的俟機，使得空間忽然寂靜，只剩下窗外風拂沙的聲音，咻……沙……如歷史長河復誦的遠古頌歌般，在未可知的廣大空間裡，不斷復沓徘徊。

易華生得很美，簡直如天神下凡，卻又比琉晞的遙不可及更多了一絲人味。

他的修眉間有一股英氣，是史傳上會永久流傳的英雄人物所特有的。

燕麟臆測道，未來在許多繪有細密畫的燙金羊皮紙書卷中，圖裡易華身穿的美麗衣服，將會被

貼上火紅、金橘、孔雀綠、靛藍等等一切象徵天神與世間富貴的緋麗顏色。

「我永遠都記得，王姊曾經自辰甦寄來多少封錦書……」

緩緩地，易華張口，清晰而低沉道：「她發自真心地愛慕他，辰甦國那不近人情的帝君。涵凌帝將她帶回去，卻無情地撇下她，不曾見過她任何一次。」

燕麟背靠白色砂牆，雙手抱胸靜靜聆聽易華的低訴。

易華感受得到燕麟注視的目光，感覺得到他的傾聽，有人陪伴使他安心，他便繼續道：「燕麟……王姊的憤恨只有我清楚，即便我與她黃泉兩隔，我卻能透過綠寶石的律動清晰感受到她憤怒的心跳。」

聞言，燕麟不禁低首望見自己掛在胸前的綠寶石。而易華頷首，「是，就是你掛著的這條。」

這個事實使燕麟驚奇。

易華將目光自遠空撇開，轉而送上燕麟的臉龐，「我曾經以為，這世上再也無人匹配這顆完美無暇的祖母綠，直到我遇見你——我珍重、愛戴我那身為公主的長姊，如同我愛你。」語末的口氣落重，「愛你」二字卻說得出奇地輕。

竟然有人願意說他愛他……燕麟聽得怦然心跳，臉頰隨著蠟油的燃燒愈發添熱。

「我與我王姊之間的牽絆，就是我與你的牽絆，綠寶石認你為主人，我們的牽絆將不會斷絕。」

「王姊的孤獨、王姊的憂憤、她的不被理解，全都由我來報。王姊曾是陛下的掌上明珠，進了辰甦卻淪為被軟禁的廢人。涵凌帝敢做，我便讓他付出代價。」

字句鏗鏘，擲地有聲。燕麟聽了，卻掩不住隱隱地擔心。

藍夜，那個有著瀑布一般的濃密滑順長髮，皮膚如白瓷般細緻，生有一張杏臉的美男子，會為了償還他的所作所為而使一個國家滅亡嗎？

燕麟憂心地開口道：「你要毀滅辰甦的未來嗎？」

易華再次頷首，沉重的動作是絕對的肯定。

「易華。」

燕麟的手臂已然攬過他的身軀。

強硬地將嘴堵上去，易華立刻感到一陣受強壓的暈厥。燕麟甫抽嘴，易華就眼冒金星。

燕麟趁隙拿出隨身攜帶的酒壺，灌了好大一口，隨手將空空如也的壺扔在地上，張開口封住易華的兩片唇瓣，以自己的口完整包覆住易華的嘴，對軟糖般富有彈性的唇瓣又吸又啃。

曾幾何時，手掌已經抓住易華未著衣物的上身，心道：『這個國家就是太熱了，街上才有很多男人都不穿衣服，卻沒有一個人像易華的身體這麼完美，濃纖合度，而且一點體毛都沒有。』

一陣無聲的窒吻以後，燕麟低頭以臉頰推開易華的纏身薄絲，嘴唇含住淡紅色的乳珠，左手攬住易華厚實的身板。

易華一陣興奮，酒精催化下，聲音陣陣酥麻起來。

「有這麼舒服嗎？該不是我技術變好吧？」燕麟一邊笑道，一邊雙手捧著易華的身子，把他扔到軟榻上。

「連床都沒有，榻子卻是一層又一層的染布，半透明的印花交疊在一起，好漂亮。」

易華沒想到燕麟這麼稱讚他房間的擺設。

「還疊了這麼多枕頭，只要再把這張天藍色的床帳從正上方的金頂蓋下來，就跟公主的床鋪一樣。只要把床帳拉下來，是不是就沒有人能看見我們在做什麼？」

燕麟騎到易華身上，他雙手握著易華無一絲贅肉的腰，貪戀著這絲滑的手感，下滑至臀側，不斷以掌心磨娑著。

易華知道燕麟已經迫不及待，手往榻邊拍著拍著，終於摸到一條金絲拉繩，這一拉，床帳瞬間放下，動作十分利索。窗戶雖大，從外邊看來，也只能看到一團黑影纏動，而不能得知簾內的情形了。

從剛才的反應來看，燕麟還以為易華會囉唆，沒想到他是這麼乾脆的人。燕麟真是笑到嘴都快裂開了，這種舒服的事情每次都讓他興奮得不得了！

抬起易華微受日曬的大腿，燕麟微微向後靠，伏首親吻易華戴在腳踝的金環，引動其上清脆的銅鈴聲響，他再往纖細的腳踝與腳頸上一吻。

「燕麟。」他愉悅地輕聲道：「如果我是摩拿神，只有誰才能與至高無上的摩拿神行淫呢？」

——可惡，這一問真讓人興奮啊，就好像要找廟妓行房似的！

燕麟忍住流口水的衝動，手置心口，平穩了眉梢，正經八百道：「我願作那與摩拿神日夜纏綿的蘇葉神，即便被摩拿神以天火燒灼全身，我萬死不辭。」

易華點點頭，笑得甜蜜，「是的，是的，」他雙手捧上燕麟的臉頰，對著燕麟噴吐香熱的氣息，呢喃道：「我的真主，臣弟願俯伏在祢腳下；我的大君王，為了使祢創造天地，臣弟願與祢和合。」他說得竟是無比認真，甚至有種禁慾的肅穆。

燕麟從來沒有懷疑過自己的身分，他一直認為自己只是街頭遊蕩的小混混，因緣際會之下才認識琉晞、易華這兩個人。

這兩人深知天命，燕麟卻對自己的身分毫不在乎，他不知道眼下，神聖的締結儀式開始了。

分裂的蘇葉神與摩拿神從今開始將再度合而為一……

還沒等易華結束他莊嚴的誓辭，燕麟的手已經迫不及待地捂上鼓脹的纏腰布。

「哈……啊……──啊啊……」易華的呼吸加得更深，媚惑得彷彿低語，他一手半掩失控的面容，另一手卻沉穩地在身子下墊的大枕頭後摸索，竟摸出一個通體金黃的東西，他順手向前滑給燕麟。

當那物體一滾過來，燕麟簡直看傻了眼，需要全力才能握住，這個重而大的金法器才不至於從他手裡滑落。

上頭以鏤金錯銀的方式寫滿了燕麟看不懂的沙漠連續草書，握在手裡很冰，頂端竟閃動著液體的亮光。

「別疑惑，燕麟，這東西從鑄造出來的時候，就連續泡著生津草長達七百七十七天，會有汁液產生也是很正常的事。這叫作『摩拿神的汁液』。」

易華見燕麟傻了眼，遲遲沒有動作，就自己坐起身來，將纏腰布扯鬆。

「燕麟，請你奉侍我。只要你讓我得到應有的尊榮，我也會拿玫瑰香油膏你，使你倍得尊榮。」

易華用手把燕麟的臉捧起來，「燕麟，我愛你……」

「我一眼就看出，你是蘇葉神在人間的代表。我一眼就愛上你……不可自拔地愛上你……死心塌地愛上你……」

逐漸迷茫的意識裡，聽到易華向他告白道：「燕麟，不要只當我的朋友，請讓我花一生的時間來愛你，我愛摩拿神，就像我愛你。我願包容你的一切，包括你愛的琉晞。我願意將靈魂賣給你，只為換得你多待在我身邊一刻鐘——」

「你我本是天上的兄弟，我們永不分離。」

燕麟勾在易華肩上的雙腿纏緊了他削瘦的背心。易華說的話很是柔情，讓他心滿溫暖。

這人真的愛他、關心他嗎？

「從小，老哈里發就告訴我，將來我會遇到命中之人，所以我才一直預備著這樣東西，這是專門給你用的。你放心，除了你與我以外，再也沒有第三人碰過這樣聖器。」

「它會讓你體內真正的你，更快醒來。」

儘管丞相已多次上奏國內民生，甚至曾帶領六部一同罷朝，希望極湘即位，不要發動戰爭，用柔性的手段勸蘇葉神殿解放藍夜，監國靖王極湘卻是毫不理會：他的雙目所定睛的那人是唯一。

「……事情就是如此。」探子躬身向易華回報道。

易華點頭表示明白，「事情進行至此，你們的功勞甚大，你現在就吩咐下去，讓邊境的人散播這些話。」他將手上的紙交給黑衣探子。

燕麟在旁窺視著那張紙條，上頭寫道：『涵凌帝任性妄為，四處樹敵，今日成為他人囚虜，皆是自取其辱，若使烽火延燒，百姓何辜？靖王極湘不知悔改，不如起義推翻他，改朝換代！』

一個月內，宓人身穿辰甦衣物，假扮為辰甦農民，自邊境開始招募軍員，浩浩蕩蕩地發動起義。

極湘知道，只要自己不即位，藍夜不回國，不論是內戰還是外戰，都在所難免，自己勢必有所行動！

這天，極湘肩披黑衣，身穿黑袍，隱密低調地悄悄造訪蘇葉神殿。

透過密探，他很快就探知御風的位置。兩位大祭司之中，秋水是主事者，同時也是主戰派，此時可供尋求協助的對象，唯有御風一人而已。

他聽說御風曾經在藍夜小時候給予援助，直到成人以後，他仍是藍夜的蘇葉特使，他認為全國上下，只有御風能幫助自己。

風中，幾片藍梅拂過他的肩膀。

他撿起這梅花瓣，「這香味與形狀，為何與宮中的藍梅一模一樣？明明全國之中，只有宮中才有的，連我都不知道那棵梅花的出處何在……」

「叩、叩、叩。」

規律的三聲敲門，立刻表明了這人外來者的身分，可是神殿的戒備如此森嚴，這人究竟是如何神不知鬼不覺地潛進來？

御風拾起掛在牆上的寶劍，將劍鞘繫至腰帶上的吊扣，穩住腳步，不疾不徐地前去開門。

門一打開，一個身裹披風，渾身黑色的人，玉樹臨風地站在門前，儘管遮掩住面容，仍有種霸氣。

御風微微躬身，不失禮貌地擺手請極湘入內，「參見靖王大人，臣御風有禮了。」

「還以為神殿想造反了，不會再認我們辰甦皇室，想不到你仍是這麼有禮貌，只不過，不曉得這禮儀究竟是口頭功夫，還是發自胸臆呢？」

在御風關上書房門以後，極湘卸下黑面罩與披風，隨性地披掛在門邊的衣帽架上。那衣帽架的枝幹是檜木拋光所製，掛衣帽用的枝枒處則是紅珊瑚。

極湘正欲說明來意，御風已先道：「王爺儘量放心，臣對陛下並無加害之意。」

極湘呵呵笑了幾聲，「你與吾皇是自小的青梅竹馬，當然不希望吾皇遭害，否則於你神殿的利益，有害而無一利。」

極湘目光鋒利地對向御風，輕佻嘴角，「你僅僅是有這份善心而已，難道你有實際去做，就像我親自來到這裡，一樣的勇氣嗎？」

他的一句話，讓御風醍糊灌頂，心中的掙扎瞬間被點破——他是這麼地希望藍夜平安回國，卻又不敢拂逆秋水的意思。

今天靖王是冒著被拿下的風險，為了藍夜，置生死於度外地來到這裡，若是自己，能有這樣的覺悟嗎？

「就連龍門宴時，陛下第一批點名的賓客都是你與秋水，想不到你們卻是恩將仇報，陛下除了在琉神祭這件事上任性了點以外，又有什麼對不起你嗎？蘇葉神殿，是陛下一手蓋起來的。」

御風蹙眉，甚是驚訝，「臣不曉得王爺原來這麼……愛護陛下……替他如此美言。」

「你以為孤王想奪大寶，是嗎？」極湘輕蔑地「呸」了一聲，「所有人都這麼以為，但就算孤王與他針鋒相對，你都不會明白他在孤王心中何等重要。沒有任何事物掩得住他的光采，也從沒有任何人能超越。」

御風靜靜聽著，覺得極湘就像當年的自己、為了藍夜能九死而無悔的自己。

御風一直以為把藍夜傷得最深的，就是他的親皇兄極湘，沒想到愛他最深的，卻也是極湘。

御風很明白極湘的心情，覺得世上沒有人比得過藍夜，除了藍夜以外無人能入自己的眼；覺得藍夜是一切美的、好的，好像只有藍夜一人有放在心上的價值；為了藍夜，自己可以付出一切，甚至是自己的性命……

但是藍夜真的有這麼好、這麼值得嗎？每次看見藍夜那張如瓷娃娃般完美無暇的白皙面容，那不挑起一絲風波的恬淡面目，御風都在臆測，隱藏在臉容下的心，究竟多麼醜陋不堪？

大肆揮霍國庫錢財來添置奢侈品、從各國網羅美女入後宮卻從不寵幸、侮蔑踐踏各鄰國的尊嚴使別國君主向他趴跪稱臣、為此挑起戰爭……會做這些事，就是因為藍夜的心太過空虛，就連琉晞都無法填滿這偌大的空洞。

小的時候還能給他熱騰騰的燒餅，長大成人以後，御風反而深知自己再也無法給藍夜什麼，只能給他一個安穩而平凡的生活，守護他，讓他從此成為凡人。

御風不敢相信極湘的能耐，儘管他更不相信自己，他還是低下頭，忍不住道：「王爺，您能交託給臣嗎？您何不讓陛下留在這裡，讓臣照顧他，從此，他就能過平凡人的日子，甚至能與他心愛的神祭在一起……」

極湘上前揪住御風的衣領，「你想得美！孤王不會讓陛下離開，更何況陛下是嬌貴的人，怎能待在你們的神殿裡受苦？」

御風害怕極湘看出他的想法、怕極湘窺視出他對藍夜深藏的愛意，他把頭壓得更低，不發一語。

極湘斬釘截鐵道：「藍夜的命數雖為凶，卻是八兩重的皇帝命格，他的命太重，不能作平民，這也是他身為真龍天子的證據。只有陛下配得王位，孤王願為他護法一世，就是生生世世都再所不惜，孤王與陛下流的是同樣的血，當然是生同生、死同死。」

御風深深地被打動了，他忽然覺得，只有辰甦宮殿才是藍夜真正的家，靖王極湘是最有力保護他的人，他的虎符是藍夜的矛，而他在辰甦國內的高威勢是藍夜的盾。

御風終於頷首。他單手置於胸前，再次躬身，這次是發自內心地，「茲代表神殿，將涵凌帝歸還辰甦。」

就算琉晞是藍夜一生的願望，極湘也不管了！極湘只想讓藍夜的心真正歸順於他，而他相信這需要時間。他闊氣地答應道：「這是自然。」

雙方白紙黑字寫下契約，極湘指沾艾草紅泥畫押。

藍夜將這份契約捲好，綑綁的紅繩封上膠泥，極湘則燙上皇室的封印。

御風將契約塞進玻璃瓶，心想道——就這一次吧，讓自己得以豁盡心力。

藍夜那時候還這麼小，而今他都已經超過弱冠，轉眼間已成玉樹臨風的一個翩翩君子。

御風最常想起的，仍是藍夜小時候微笑的嘴臉。

藍夜小時候對每個人都愁眉苦臉，唯獨對御風笑；現在，他能對每個人笑，這讓御風難以接受。

御風屏退夾道守衛的女祭司們，甚至是打傷她們，雖然他明知自己可能會受到神殿的律法懲罰，還可能一輩子進入地牢，無法再脫出。

窗外的天空即使有神護，也不再常藍。

他來到床邊，靜立在旁，看著沉睡的藍夜。

他的臉龐不論多少個四季過去仍舊清麗，淡然無色的睡顏上，卻沒有一點人味。

猶豫了一會兒，他嚥下唾液，按上藍夜的肩膀，輕輕晃動，喚醒了病厭厭的藍夜，「我要讓你離開。」

如今是神殿守衛換班的短暫時刻，沒有時間再與他多作解釋了。御風一把抱住藍夜，就想往外頭走。

走廊外接應的是極湘，他咬緊下唇，將懷中的藍夜交給極湘。

極湘向御風點頭稱謝，御風手持長劍護衛在旁，一邊想，自己真是太賤了，但這一切不都是自己的決定嗎？也就掩護著極湘，不離不棄地一路走了出去。

平時走得習慣的神殿，如今看起來卻是廣大得像迷宮一樣，一根又一根長得一樣的羅馬柱好像在嘲笑他們想逃出這座有神掌握的聖殿。

越是想走偏僻無人的路段，卻總是被經過卻沒有發現他們的祭司嚇到。

御風很糾結，藍夜即將要離開他，更糾結的是，一開始，是他同意燕麟帶藍夜回來，到了最後，仍是他自願讓藍夜離開的。

好想再見到藍夜、想再與藍夜說話，卻放掉了這個機會，讓他心裡最掛念的人，從此離自己遠去……

眼見再幾步路，就正式踏出了神殿的範圍，來到無人管轄的空念山谷。

吸一口新鮮空氣，讓清晰的思緒在肺裡充滿，御風停住腳步，準備送別極湘，放任藍夜遠去。

就在這時。

「御風，你非得要為了藍夜背叛我嗎？」

御見秋水背揹兩把長劍，站在神殿門口，漆黑長髮在冷風中肅肅吹動。他目光清冷如刀，直直射向御風，揮手自背上抽劍出鞘，橫擋住極湘的去路，凶神惡煞的擋道模樣，與平時的溫順截然不同，瞬間化身作魔神。

這還是第一次被身量較自己弱勢的秋水震懾到，這神擋殺神、魔阻殺魔的氣勢，令御風倒退兩步，「秋水，別……」

秋水眼神越發銳利，好像只是看著對方，就能一刀一刀剜掉人身上的肉。他忿恨地咬牙道：「你若是為了藍夜背叛我，我將與你勢不兩立——哪怕你是我的親兄弟。」

『怎麼與我勢不兩立？我們兩兄弟一輩子都會待在這間神殿，秋水能怎麼對付我？』御風心道，身體卻不能自制地顫抖著。

秋水攢緊拳頭，緩緩仰頭，對空長嘯——

「請蘇葉神見證——我絕對不會讓藍夜出神殿！」

十七　丕變

御風嚥下一口唾沫，艱難地喚道：「……秋水……」

「不必多言，」秋水強勢回應：「戰就戰吧！」

極湘見狀，不由得對秋水為了保全神殿，不惜與兄弟大動干戈的舉動十分激賞，心道：『見過他的次數並不多，最後一次則是在龍門宴上，孤王一直以為秋水大祭司身體孱弱，此時卻見一對眼如劍光一般銳利，三尺秋水塵不染，此句原有所本，也難怪他的名字叫秋水。』極湘竟是被這股氣勢懾住，一步都動彈不得。

御風才想叫極湘快點帶藍夜離開，就注意到端倪——在陽光下微微反光，幾乎半透明的細針，有幾枝插在極湘身上的關鍵穴位，使他無法行動，「你是何時……」

「別動！一動，大王爺就成為廢人，陛下就死了！」秋水叫道：

「就在你因為心虛而不敢真正注視我的時候，我對大王爺施展了針術。」

秋水舉劍，握在劍柄上的手，指縫間有數根針在閃閃發光，「我既然能成為蘇葉神殿的主祭座，你應該曉得我受過多少訓練，有幾分能為。御風，你將為你的背叛付出代價。」

看來秋水是不留情分了。秋水如果是朋友，就是最令人安心的靠山；若是敵人，則是可怕的魔頭。

御風決定先下手為強。他與秋水同出一脈，他會針術，難道自己就不會嗎？他手一撒，向秋水周身一打，秋水劍一橫，輕鬆地將針全數打落，「哥哥你，當真如此狠心！」隨後提劍跟上。

秋水既然用劍，當是近身攻擊，不可讓他離自己太近。

御風手捻劍訣，「八荒地煞訣。」隨著劍之起落，他全身爆出一道龍型金色真氣，劍氣在他周身爆旋而出。

秋水有感御風全身素質提高甚多，手捻同樣劍訣，卻是逆其道而行，「八荒戮仙訣！」以花式揮舞劍，有藍色寒溟精光旋身噴射而出，他大爆精光的劍殺進金色光圈中，硬生把環繞的龍身切斷。

這使得御風的劍氣全都淡了下來，他立刻跳開，卻沒趕上秋水踏劍飛來的高速。『原來他背後的另外一把劍是用來踏劍而行！』

御風大感訝異，然而也沒時間多作對策，眼見秋水刺劍而出，御風遂將劍作杖使，「九天玄舞！」舉劍，一道天雷打下，以劍端作引，大範圍掃射直逼秋水，令秋水無處可躲。

天雷挾帶火焰，砰地應聲打中秋水的背脊，「啊啊——！」他全身筋　得穌穌痲痲，這招煞是狠心，使秋水癱在地上無法動彈。

御風趁隙以詭異身法快速踏到極湘身邊，用劍指斬斷那些針線。極湘感覺身體恢復了，不必言語，遞給御風一個感謝的視線，隨即抱著藍夜出逃。

『御風，是你讓我國不必開戰，就能奪回藍夜，我一輩子感謝你。』他心說。

「別、別跑！」秋水拄著劍，一跛一跛虛弱地站了起來。

御風向他叫道：「你受我一記，已經無力再戰，還是放棄吧！」秋水聽都不聽，再次踏劍以輕功飛出，手上一把閃爍冷冽銀光的劍就要刺向極湘的背心。極湘不得已將藍夜放了下來，迴身抽劍作戰，「鏗鏗鏘鏘」幾聲，快得人眼不及看見，已然過招數回。

秋水滿臉是汗，難以回氣，與方才相比早已大失威風，極湘尤是不敢大意。他向後一步，決心就此擺脫糾纏，卻是「鏘」一聲將秋水手上的劍打到地上，自己的劍也為此施力過度而落地。

他無暇撿回，猛一收氣，掌法迴動，「橫掃千軍！」猛一道掌風直颳出去，秋水想好好站穩，腳步一下虛浮，薄弱的身子被強風往後颳，再次倒落在地，足踏的劍也響亮一聲落了下去。

「可惡！」秋水欲再追上，卻是無力回天，手才撐起，「咳！」一口黑血自嘴角溢出，他就昏死過去。本來御風還打算來壓制，如今連壓制都不必了，只消看著極湘以極快的步伐抱著藍夜揚長而去。藍夜終於離開，御風總算鬆了一口氣。

走向前，他抱起秋水顫抖的身子，一向潔白光亮的衣裳被雷打成焦灰色，衣襟處點點是流落的怵人血跡，讓御風頗為不忍。御風始以聖光療癒秋水，不過幾刻，憑藉他高深的修為，秋水身上的外傷已經盡數醫治，並無大礙。

「哼嗯……」一聲吃痛的悶哼，秋水方自短暫的昏迷醒來，張眼才對上御風，「呸！」一口口水吐上御風的臉頰。

御風無意閃躲，任由這口唾沫吐在他臉上。他舉起衣袖靜靜抹去，低著頭不敢再看秋水。

秋水眼神轉厲，舉手，「啪」一聲，響亮地在御風臉頰熱辣辣地刮上一巴。御風抬眼望著秋水，面色雖是平靜，卻有滿眼的愧疚。秋水見狀，冷笑了一下，反手又在御風的左頰再刮一巴。

秋水推開御風站了起來，御風在他面前靜靜的跪著。此時秋水是大祭司，自己則是神殿的背叛者，是最低下的罪犯。

秋水往御風的肚腹處踩了一腳。「唔——！」這一腳著實沉重，把御風踢倒在地，咳嗽頻頻。

秋水一腳踩上御風的胸膛，往下踩踏，「賤人，你知道你做了什麼嗎？」

御風默默不語，胸膛起伏劇烈，正在勉力承受秋水的踩踏。秋水欠身，又摑一掌過去，把御風打得嘴角瘀青，一絲腥紅的血自嘴角流下。

「你說啊，你做了什麼？」

御風未曾回答，而秋水自顧自地搶道：「你背叛我！——你是我這一生最愛、最信任的人，你卻為了一個人渣背叛我！

「我對你付出多少心力，你卻為了那個藍夜打我。你打傷的，是你至親的兄弟，傷的是我的心！你非得這麼傷我不可？你會比我痛嗎？」

秋水的兩眼已經泛紅，有股水氣在他眶裡醞釀，血絲布滿他的眼白，令他向來瀲豔的雙眸顯得猙獰。

御風隱隱地感覺到，秋水從現在開始，已經變了，再也救不回來，這都是他害的……他還能肯定自己無悔嗎？

秋水猛地往御風頭上一抓，將他束著長髮的帶子抓落，一頭瀑布般的黑髮直直灑下，布滿御風的全身。

秋水抓著這一頭長髮，把御風拎了起來。長髮自頭皮處被抓起，御風雖痛猶緊咬著牙根忍著。

秋水狠狠往御風臉上揍了一拳。

「你好安靜，這就是你的回答嗎？我恨你！」

御風入獄，全神殿沒有別人知道首席大騎士去哪裡了，因公外出也是常有的事，大家不以為意。

秋水一臉憤怒，怒得他的臉脹紅一片，未紅處卻蒼白至極。

「你對我真自私。」語落，秋水手執馬鞭，「啪」地一聲，帶風往下一抽。

所抽之處，皮膚裂開來，露出血淋淋的肌肉絲，直迸出艷紅的血液。「唔嗯！」御風身上片縷未著，雙手沒有被銬住，但是他並不反抗，只是喘吁吁地坐在牆角，任由秋水抽打。轉眼又是幾鞭落下，「咻咻——」幾聲風動，血沫飛濺而出，噴濺到秋水身著的素袍。

御風的正面早已布滿傷痕，地板被血的顏色浸染得更深，是滿地的血。御風沒有力氣再說，只能以朦朧的視線觀望秋水持續著那一臉想哭的表情。

「你正面已經沒有地方好抽了，自己換面。」秋水命令道。

御風顫顫地扶住牆角，搖搖晃晃地自行換過面去，便無力地順著牆面蹲了下來。

秋水咬緊下唇，又奮力抽了幾下。馬鞭的力道很大，每次鞭影一落，便是皮開肉綻，即是未傷處也是青紫一片，御風如今已是滿身爛肉，慘不忍睹。

秋水才打了幾鞭，就覺得受夠了。就算剛剛已經打這麼多下，御風也一聲不吭。他想讓御風痛苦，讓御風知錯，御風卻只是忍著。

他走得更近，直到小腿抵上御風的屁股。秋水放鬆握鞭的力道，馬鞭頻繁地抽打御風緊實的兩片臀瓣，使得肌肉上滿是深深淺淺的血痕。

偏偏抽打屁股的感覺，不只是痛，還挾帶絲絲麻癢的奇異快感，這讓御風的呼吸加快加深，體溫都升騰起來，「哼嗯……」絮絮的氣音，自御風的悶哼中湧現，聽得秋水心裡愉悅。

不曉得是第幾天了。

過著這種暗無天日的日子，令人無法準確察覺時光的流逝。

秋水鮮少來看他。

起初御風並沒有體力，但是在連續幾天吃了神殿送來的清粥以後，他的體力恢復良多，終於能靠著體內積攢的聖光自行療傷，鞭傷都治癒過來以後，卻因為傷口發炎的關係，病了很久，一點力氣都沒有，只覺得渾身燒燙，精神不濟。

硬直的靴根踏在石階上，一步步發出「咔咔咔」的響亮聲音，清晰迴盪在獨獨囚禁著御風一人的地牢中。

「那個賤人哪裡有一國之君的樣子？一回國，辰甦人民的心竟然都安定下來，那些百姓居然會崇拜這種人，還聽從那種人的命令。」

秋水喃喃自語著，此時御風正在小寐。

秋水特別吩咐看守地牢的獄卒要按時讓御風梳洗吃飯，也叫他們把牢房內部全都洗刷乾淨。

這些獄卒是神殿以外的固定配置人員，他們與兩位大祭司平素熟悉，因為兩位大祭司是神殿中唯二會出入地牢的人，就連琉晞都不常來，所以當初看見御風進牢，他們非常驚訝。即使看到御風有多慘，獄卒們仍然對御風尊敬有加，打自心底不想折磨他。

「琉晞馬上就發現你不在，還占卜到你人在地牢裡。他叫我不要再開這種玩笑，不然依法能將我革職，你說這好不好笑？」

御風輕輕地回話道：「你替我告訴琉晞，這是我願意的。」

「哈哈哈……對，這當然是你願意的，還是你『應得』的。」

神殿後山的涼亭，遍地的紫花爭妍怒放，就連涼亭都像是羞怯的美人似的，披蓋著垂地紫紗。橙粉色的淺空之上，有大片大片的雲連綿在一塊兒，浮動得極慢，就是時間都跟著凝結一般。

神殿天候微涼，與世隔絕的空念山上四季如春，綿綿綠草布滿滿巒，這紅塵不入之處，宛若人間仙境。

涼亭通體剔透，色呈琉璃藍，有如冰雕，精巧的龍頂鳳棟在陽光下點點生輝，流映出彩虹色的琉璃光來。越過長長的冰梯，就在涼亭的紫紗後，坐著一雙修長的人影。

這個涼亭是琉晞欽點，蘇葉神殿的勝景。他沒事就喜歡來這裡坐一坐，這涼亭還有個響亮的雅稱，用匾額書寫著，掛在亭頂，叫作「來儀亭」。

自琉晞歸來以後，燕麟一直在陪他。他覺得當初是自己沒有照顧好琉晞，才害得琉晞被劫走，後來又是因為自己的擅自行動，才害得琉晞被拘留在辰甦國，因此內心非常愧疚。

琉晞倒不覺得如何，樂得給燕麟伺候，讓燕麟盡情補償他。這幾天朝夕與燕麟相處，書是燕麟自圖書館抱回來給他看，吃喝都是他侍奉，琉晞不由得多觀察幾下燕麟的女裝扮相，真是越看越順眼。

兩道微粗劍眉，一雙朝氣十足的晶亮眼眸，挺直的鼻樑，還有薄軟適中的唇，是一張端正的臉，並不女孩子氣，穿著女裝卻也適合。琉晞不禁感嘆道：「你該感謝父母，把你生得很好看。」

「啊？」怎麼會忽然說起這個？

「要不是神殿裡的衣服有一定的規格，我還真想弄更多更漂亮的衣服給你穿啊。」說著說著，琉晞不懷好意地挑眉道：「對了，你要不要穿穿看神殿配給的女式睡衣？是半透明有蕾絲的喔。」

「我可不是換裝娃娃！還有，你們那是什麼奇怪的神殿啊，居然配給這種性感睡衣給裡頭的女祭司穿！」

燕麟將琉晞伸進他裙擺開衩裡，正在撫摸他腿窩的手撥開。

琉晞不以為意地收手以後，淺淺地笑了笑，含笑的眼上纖長的睫毛，隨著風一顫一顫的。

「你現在也算是個美女，跟你交往就不會有都是同性的違合感了，很不錯嘛，有沒有考慮要跟我來場戀愛呢？」

燕麟聽著總覺得這語氣很耳熟……對著琉晞如畫的眉目，他苦笑一番，「你別開這種玩笑啊，我是滿不喜歡這樣穿，不過在神殿裡就是得如此，害得我現在都快習慣了……一定是慢慢走向穿女裝的不歸路了。」

琉晞「嗯」一聲，眼一瞇，臉色忽然嚴肅起來。他沉聲道：「人長得漂亮就該好好保護自己，你還是少到神殿外頭轉悠，不然要是被居心不軌的壞人怎麼了，那該怎麼辦才好？」

燕麟一震，把流下的冷汗一把抹掉，心裡幽幽嘆道：『你的忠告未免來得太晚了，一切都來不及了啊——易華弄得我都沒辦法好好走路了。』揮別心裡不可告人的祕密，燕麟正色道：「別再談笑了，我們還有正事呢。」

「喔？」琉晞伸手往石桌上捧起茶碟，修長手指提起茶杯耳，優雅地啜了一口仍有熱氣氤氳的茉莉花茶。「你在擔心御風。」

燕麟如實點點頭，「我當然該擔心他，他是我們的同袍。」說的時候，目光裡當真流露出憐惜之情來，那赤誠的擔心眼神，一點都沒從琉晞眼底漏過。

琉晞心裡也有底——御風的事情是生死交關的，雖然秋水只會慢慢折磨御風，但是秋水根本不知道御風的限度在哪，也不知輕重，沒把人弄出去的話，死只是遲早的事情，就算大難不死也會發瘋的。

御風可是神殿不可缺少的中流砥柱，沒了他，恐怕還要等一百年才會再出這麼一個行政、外交、武藝三修的人才，神殿等不得。

燕麟不知道琉晞已經在思考，他繼續勸說：「大鹿都會照顧弱小的幼鹿，還有羊駝，首領一旦被抓住，整群都不會逃開。可見不論是弱者還是強者都有保護的價值，御風難道不該受我們的保護嗎？現在是兄弟相殘，我們必須趁還能阻止的時候快點行動才是。」

琉晞兀自喃喃道：「說到羊駝，你可真像啊，只要定時餵食，又有舒服的地方能住，就不會逃跑，還能讓人圈養起來。」

聞言，燕麟的臉都鼓了，腦海裡竟一時間充滿了羊駝不高不低的一長串「咩咩咩咩咩——」嘶啞聲，還有踏步的時候會發出的「啪搭啪搭」聲。

琉晞問道：「過去也沒聽你怎麼提起御風，怎麼現在就格外關心他？」

燕麟把手蓋到琉晞的手背上，道：「我曉得是他讓藍夜逃出去，但是這也阻止了辰甦國對蘇葉神殿開戰，我已經是蘇葉神殿的人了，我以全體蘇葉神殿的利益為主。」

他看著燕麟，淡淡地答道：「御風真是可憐……我大概想像得到平常女祭司受到的刑罰，在他身上大概會重個十倍以上。」

這樣的反應讓燕麟大失所望，「怎麼能說得這麼輕鬆？琉晞，我不曉得你原來是這麼冷酷的人。你不去救的話，我去救！我直接去找秋水。」

燕麟說完，當真撇頭就走。琉晞看著燕麟魯莽的行動，幽幽地嘆了一口氣，「……不是我不救，只是我看得多了，他們值得你憐惜嗎？他們又希罕你的憐惜嗎？」

琉晞餘光一瞥，桌上還留著一條祖母綠項鍊，是燕麟不知何時留下的。

琉晞將茶杯放到藍色的石桌上，轉而拾起那條項鍊，祖母綠在他指下晃動，閃爍溫和的光芒。

這些人的感情糾葛，真是複雜……琉晞看著祖母綠晃動，想得出神。他眼眸裡流動的顏色，漸漸融得像祖母綠一樣鮮豔。

這時，綠寶石中產生了影像。一道熟悉的嗓音，自那項鍊裡傳出，「神祭閣下。」

琉晞一定神，將祖母綠放至掌心。自剔透的寶石核心內，浮出一個人影，寶石的視線拉近，俊美的臉容是他所熟識的。「摩拿神特使，是你？」他非常確定地問道。

「是，正是我。」易華笑意中藏著某種不可知的意圖。自寶石裡，他笑瞇了眼，直盯著琉晞不放，「請別太生疏，直接稱呼我的名字就行了。」

不知怎地，一想到這顆寶石直到剛剛還佩戴在燕麟身上，易華這番親切的問候就讓琉晞高興不起來。他也不打算多禮，直接喚道：「易華公子，你有事找我嗎？」

「沒想到你居然不問這顆寶石的所有人是誰，又為什麼會在燕麟身上？果真是豪爽人。」易華雙手抱胸，神態輕鬆，他哼了一聲：「也罷，如果要窺探你們的機密，只要動個小指頭就能讓你們神殿完蛋，還會留存你們的賤命到現在嗎？」

琉晞聽了是不怎麼高興，但他確實也不覺得自己有多高貴，就像他不覺得從蘇葉神殿分裂出去的摩拿神殿有多高尚一樣。

他直言道：「易華公子的廢話就是多，總是無法單刀直入，難怪我跟你磁場不合，每次交流總是不超過三句。」

「那好，」易華當真斂起笑容來，以手指對頭髮稍事梳理，將纖長的小束後髮全都放到背後去，使自己看起來好像是短髮的模樣，將自己的儀容整理得更整齊以後，才向琉晞欠身鞠躬，緩緩開口道：「易華在此謹代表摩拿神殿與宓憐國，恭喜蘇葉神殿與辰甦國停戰。」

消息斷不可能傳播得這麼快，琉晞修眉一蹙，馬上反應過來：「你到底知道了些什麼？」

「你們發生的事，我全都知道，當然，我不是透過寶石知道的，因為這些日子以來，燕麟大部分都待在我宓憐皇宮，我怎麼可能透過他身上的寶石，來知道你們蘇葉神殿的事情呢？」

易華與琉晞同年，交鋒少說超過五年，琉晞對易華瞭若指掌，就像易華也同樣瞭解他。

琉晞幾乎可以確定，在他的疏忽之下，燕麟已經成為蘇葉神殿的新把柄，而且確實地握在易華手上。對此，他卻刻意沒有回應，以防被易華摸出他的心思。

「神祭閣下，燕麟已經是我的人了。」

一句話錚錚自寶石中傳出，瞬間，周遭空氣都凍結下來。

很少有事情能使琉晞驚訝，這件事卻著實讓琉晞睜大了眼，「你……」

「我說得不夠清楚嗎？琉神祭，容在下清晰地復述一次——燕麟已經是我的人。」

琉晞迅速以手掩住口鼻，「嘔嘔……咳咳咳！」他乾嘔了好一陣子才反應過來，拿帕子擦臉的時候，表情有驚有懼，「你跟蘇葉神大人……你知不知恥？」

「作人總得有個互相。」易華的面色一個黯沉，字句清晰地緩緩敘述過來：「早在創世曆前二千年，蘇葉神老人家跟我們尊貴的摩拿神，就在弼錫殿翻雲覆雨了兩百年，整整兩百年。蘇葉神的水流下人間，堆成你們神殿所在的空念山！當你們喝山泉水時，我都替你們噁心。」

「劇烈的運動使得天界一分為五，從此有了五國並列。摩拏神是蘇葉神最有力的右翼，祂卻這樣對待祂，你說蘇葉神該不該償還這一切？」

即便如此，琉晞仍迴護道：「燕麟是蘇葉神未來的軀殼，你一介凡人只不過是摩拏神在人間的代理人，怎麼能隨便跟他？」

「你又知道了？」易華風輕雲淡地撥開左側的鬢髮與瀏海，清晰露出左眼正下方的紋印，「你好好看清楚，這是摩拏神給我的憑證。在將來的某一天，你就只有下跪的份，因為我也是為了預備摩拏神的復活，所放置在人間的器皿。」

難道摩拏神想跟蘇葉神一樣復活？祂們兩兄弟想在人間做什麼？別的神是不是也要復活？亂了，一切都亂了，他可不想看到諸神的黃昏再次重演。

——諸神黃昏，天界最不為人知，也是傷亡最慘重的事件。天國的內亂幾乎導致地上人類的滅亡。當蘇葉神與摩拏神分裂之時，天國浮里亞的洪水傾覆至大地，弼錫殿地裂，使得無數野獸與巨大食人植物從乾涸的枯地破出，把三分之二的人類啃食殆盡，神祇們卻只顧自己的意氣之爭，卻忽略雲朵下的民不聊生。

「我為什麼知道現在的局勢？因為這件事就是我主導的，是我想讓蘇葉神殿跟辰甦國開戰，我好想看蘇葉神殿毀滅，也想看辰甦國從此衰落下來。你明白我對蘇葉神這個邪神的憎惡，至於我王姊給涵凌帝屈辱的事情你也略有耳聞，一切就不必多說理由了。我恨你們全部的人。」

語畢，寶石內的畫面緩緩消褪下去。在聲音全部消失以前，易華的最後一句話是：

「琉神祭，顧好燕麟，別讓其他人也有機會奪走他——畢竟那就是你竭盡一生膜拜的寶貝，那就是蘇葉神本人。彈琴吧！為我而彈琴吧！為了我摩拏神大好的將來！」

寶石「咖噹」一聲落到地上，摔碎作片片。

琉晞無力地向後一靠，整個人都癱倒在椅背上。

難怪方才他在告誡燕麟之時，他的臉色看來有些窒礙，而自己竟全然沒注意到……

憶此，琉晞眼神大變，臉色倏然刷白。

「不要啊啊啊——！」

「——都是我沒有顧好你，都是我的錯！」

「如今你的體內已殘存摩拿神使者的精華，你還能是蘇葉神的代理人嗎……？」

琉晞顫抖著，語末只存哭泣與頻頻的吸氣聲，而僅存的微弱話語聲，也在涼薄的空氣中逐漸消散。

十八 拯救御風

燕麟推開所有阻撓的獄卒，隻身下到地牢，他聽見裡頭傳來隱約的交談聲，被石頂間歇的滴水聲化得糊了些，又在廣大的空曠石室內迴響得更大聲了，模糊而大聲。

御風聲息頗為虛弱，此時更是劇烈喘息著。他滿面的汗水與潮紅，手撐著地，忍受著身下痛楚，斷斷續續道：「藍、藍夜是一國之君……他有無上、的威嚴……別……」

「別再罵他，是嗎？」

聽見秋水威脅性的問句，燕麟心道不妙，腳步驟急，刻不容緩地下到牢門前。他用力扯了扯牢門，本以為還需要用腳踹，沒想到牢門居然沒鎖，不是由於秋水才剛進來的緣故，就是秋水根本就覺得御風不會逃，乾脆不鎖。

他撩起潔白的裙擺，急忙又不失謹慎地快步踏下漆黑一片的濕滑階梯，這些石階上甚至生了青苔，燕麟只好步步為營。

「你為了護著他，淨說些我不愛聽的話，可見在你心裡重要的是他，而我無足輕重。」

毫無起伏的人聲，帶著一抹薄涼，在燕麟的耳畔漾了開來。聞言，燕麟對秋水十分同情，但是在他面前上演的情景卻又讓他無法繼續同情秋水下去。御風已經不成人形了，只剩下人皮與人乾，卻被鎖鏈吊著。

「你在做什麼！」燕麟心一慌，自剩餘的台階上飛跨下來，把秋水一把推開。

燕麟攙著御風軟弱如紙的身體，向秋水罵道：「你想搞死親兄弟嗎？」

秋水彷彿被人打醒一樣，默然無語。

「御風……我曉得你累了，你先歇下來吧……」燕麟無法平復心裡的激動，他仍儘量對御風輕聲。

本來就已經受盡折磨的御風，這下終於全然放鬆，「別怪他……」他在燕麟的溫熱臂懷裡昏了過去。

一邊對御風施展聖光療癒，燕麟直射秋水的目光，宛如箭鏃一般鋒利。

秋水彎起嘴角，近乎扭曲地笑著答道：「我這麼對他是因為我愛他！」

紫葡萄色的珠眸裡，升起一抹惱怒的薄藍。

燕麟簡直為御風抱不平，氣得臉都紅了，咬牙道：「御風是你血濃於水的親人，所有人都會欺騙你，只有御風不會，也只有御風會真心關心你、愛你，你不可以這麼虐待他，御風要是死了或是被你逼得失心瘋，你一定會後悔！」

秋水哼了一聲，聽得出他大不贊同，「你說他是我的至親，那他為什麼會背叛我？你說他不會欺騙我，難道背叛就不算是一種欺騙？如果他真的關心我、愛我，又會這樣一心向著藍夜嗎？」

微微低首，金箔色如細流蘇般的瀏海，垂掩住他流連著同情與哀愴的熱眶。從來就沒有過任何親人關心他、愛他，秋水卻有一個時時照拂他的哥哥。燕麟依稀記得御風在龍門宴時看著秋水的神態，那滿溢出來的溫柔與在乎，豈不該生根在秋水心裡嗎？秋水有什麼資格嫌棄御風？

燕麟哽咽道：「——就憑他是你的親人，你最多也只能趕走他……你完全不該傷害他……！」秋水聽到他變調的嗓音，不由得愣了，不曉得這個原本是街頭浪子的人，如今到底在傷心什麼。

他怔怔站著，看著燕麟用手背把御風臉上的髒污一一抹去。燕麟一時無語，只是靜靜地在思考些什麼，思緒百般流轉，良久才抬首，堅毅地望著秋水道：「御風真心愛你所以忍讓你，你不要因為他對你很好，就刻意踐踏他；你這不是在羞辱他，而是在羞辱他對你的好——這是在侮辱你自己、表示你是個不值得別人對你用心的人。」

秋水一聽，心頭火起，氣得身體微微打顫。他大聲罵道：「憑你一個外人又知道什麼？你有什麼資格來向我說教？信不信我收了你這條賤命？」燕麟卻對這份施壓波瀾不驚，看著秋水的眼神同樣銳利。

秋水見燕麟吃硬不吃軟，也不想把場面搞得太難看，至少對御風以外的人，他是有分寸的，心裡也偷偷感謝著燕麟及時來把御風救走，不然照這樣下去，御風真的會死。

秋水抽了一口氣，面色有些扭捏，放軟了語氣，緩緩道：「我不想和你爭論，你想救御風的話，就快點把他帶走。」

「這不是大道理，聽了能讓你活得輕鬆點，你這麼極端只會害了自己——『若傷害汝真心所向之人，痛者無非是伊，汝亦招致之，爾後悔恨不已，無可挽回』……」

燕麟的話轟隆轟隆地在秋水的耳畔作響，好像只是單單聽著這些話，整顆心也會陡然發疼似的。

怎麼可能？這說話聲怎麼好像這麼近，又彷彿很悠遠？秋水往耳邊一撥，感覺到鬢髮確實仍密實地罩著耳朵，然而方才燕麟的話卻清晰得不受頭髮的阻隔……就好像不是從他嘴裡說出，而是直接自心頭浮出似的，簡直像是平常蘇葉神喻示顯現的方式。

秋水猛一回神，燕麟早已一步一步揣著御風消瘦下來的身體，沉沉地步出地牢，一路上無人敢擋道。

秋水看著燕麟蹣跚的背影，一手揣著下巴，想道：『蘇葉神，難道要覺醒了嗎？』

御風低著頭，情緒黯淡。他不曉得究竟要如何面對與秋水鬩牆的悲慘未來，他無力改變已經發生的這一切。

御風自深沉無邊的惡夢中驚醒過來。

「咳咳……！」

還以為自己應該繼續待在地牢裡，身後墊的卻是軟軟的床墊，原來已經回到房間了。

書桌上昏黃的燈火，映照著一個趴睡在他床邊的灰白身影。

燕麟渾身白袍，與神殿裡其餘的女祭司無異，民間對神聖的蘇葉女祭司們有個愛稱「白衣精靈」，正是源自她們的服裝；但是方才經過太多事，使得燕麟潔白的袍子，也沒空換下，髒得一塌糊塗，就累得睡著。

御風沉思，這套袍子上淡淡映現的紫花，恰恰與燕麟的眼睛顏色相同，唯有大腿處的紫線最明顯，低靈力的人也能得見，其餘大片紫花，則是只有體內有功底的練家子才能真正看見了。

絲絲入扣的繁複花樣，都是琉晞注入靈力縫製而成。

這是神殿向來的慣例，神祭最貼身的紫花女祭，她的袍子必須由神祭本人親自縫製，沒想到琉晞雖然是歷屆神祭以來唯一的男人，也能把這花縫得這麼美麗，細細看來，甚至勝過山腳下商店街的能工巧匠們……如今卻因為自己的緣故，髒了琉晞一針一線縫出的美麗袍子。

御風一醒，牽動了被子，也讓徹夜照顧他的燕麟轉醒。床畔有一只覓子，上頭盛著一盆水，正散發著涼氣。在今夜，御風連續幾天的發燒達到最高峰，高燒不退的高熱令燕麟憂心御風是不是隨時都會被燒成白癡，只好反覆以手巾沾濕，墊到御風的額頭上。

御風坐起身來，拿掉額上早已乾涸的手巾，真多虧燕麟才能退燒得這麼快，御風向醒來的燕麟道：「對不起，要不是我全身靈力都被吸乾，早就自己好了，不需要這麼麻煩你。」

御風覺得此情此景很奇怪，明明這個人與自己交流不甚多，為何願意花這些心思照顧自己？他低聲道：「你根本不必管我，就讓秋水發洩吧。我早就有這些覺悟了。」

燕麟道：「你如果真心疼愛秋水，就不應該讓他繼續錯下去。像你這樣不逃走也不反抗，你這不是在愛他，卻是在害他。我不希望犧牲你們任何一人來換取另一人活下來，我只希望你們兩個都好好的，以後都像以前那樣好好的。」

御風無語，有種說不出的悸動，竟然想感謝蘇葉神。

燕麟說：「我第一次看到你們，是在龍門宴上。我覺得你們兩人說話默契無間，更羨慕你們走路總是比肩，吃飯也坐在一起。你喜歡照顧秋水，正如秋水也喜歡讓你照顧。」

御風聽了只餘啞然，明明還是不久之前的事，於他而言卻快要自腦海裡忘記了；反倒是這些日子以來受的虐待，佔據了腦子裡大多的空間。

「那些愉快的時光，都過去了……」

燕麟不以為意，繼續道：「——很可笑的是，明明藍夜的笑這麼淡，仍掩蓋不住深藏在他眼底，那份隱隱的羨慕，他在羨慕你們的感情；我甚至推測，他也太想要有個人陪，所以他選擇了琉晞，就因為琉晞身上有跟你一樣，獨屬服侍蘇葉神之人的清新氣味。」

「你別再說了！」如此說藍夜，是御風不敢想也不願想的事情，在他心裡藍夜是崇高的，藍夜斷不可能如此。

「我是局外人，我沒有資格插手，但我看得比你們都更清楚。藍夜跟秋水，他們不知道自己在幹什麼；而你，早就做完你覺得該做之事，卻在做完之後開始迷惘。你們三個是何必？藍夜早已害了你，也害了琉晞；如今秋水害了你。」

御風驚於燕麟說這些話的睿智，彷彿早已歷盡滄桑，看透世態，忍不住喃喃了一句：「洞察一切的模樣，真像是蘇葉神大人……」

「哪像？我不過就是個小混混……跟這麼多兄弟混了這麼多年，這些人情，心裡還是有把尺在的，哪像你們？一個一個都是關在深宮高塔裡的人，什麼都不懂。」

就因為他們卑賤，而自己這些人高貴，所以才什麼都不懂嗎？御風聽了這些話，不置可否地笑笑，「我好歹比你大兩歲，你卻這樣教訓我。你真的都不怕我，除了秋水以外，我很久不曾遇到像你一樣說話這麼沒禮貌的人。」

聊了一下以後，御風人也舒坦多了。他坐起身來，彎著背，雙手放在被子上，看著燕麟，一派沉穩的模樣和平日相去不遠，只是長髮是散著的，身上也只有薄薄一件連身白睡袍，不若往常的氣勢。「你是不是在秋水面前逞強？我這個大男人很重的，你還抱得動。」

「別看我穿這該死的女裝，我也是男人，我會抱不動你？更何況，你這幾天消瘦太多了……琉晞都扛得動你。」

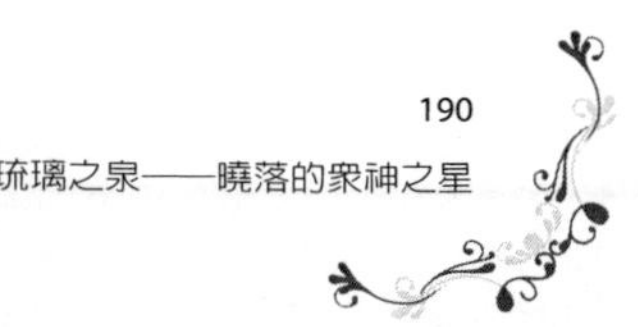

御風對此眉頭深鎖，而燕麟又嘻嘻笑了起來，「就算你重那又怎樣？在我還沒進神殿以前，可是專門幹搬麵粉糧食這些粗重活的，說到體力，我肯定比你們神殿裡的每個人都強。」

正是因為自己出生在貴族家裡，才有機會進入神殿服事，自然無法理解燕麟過去的生活究竟是如何，御風不免生出一絲憐惜來。

御風不願再談論這個話題，朝他點點頭道：「行了……」他向角落望去，滴漏已屆滴盡，「時候實在不早了，我都已經退燒，你也沒什麼好擔心的，就快回房間睡吧。」

燕麟笑著看他，「你現在全身都沒有靈力，讓我不大放心，要不我繼續睡你旁邊，省得你忽然有事卻找不到人幫忙。」

「……不用這麼關心我……你明天精神會不好，而且你也仁至義盡了，不需要再幫下去。」

燕麟不說話，就逕自在床邊俯首趴下。

聽見燕麟的呼吸聲平穩下來，大概已經睡去了，御風才知道他比自己想像中的要來得更累，竟然一下子就進入夢鄉。自己也老實地躺下，翻過身面對牆壁，在搖曳的燈火下睡了下去。

❦

御風當晚，夢見蘇葉神的復活，他有不好的預感，感覺到這跟摩拿神使者的到來有關，醒來以後，有感於燕麟與易華過於深交，他試探地問道：「宓憐國的王子，你與他感情深嗎？」

沙漠氣候、白色圓頂建築、婦女包頭巾、男人光裸著上半身、椰棗樹林立……燕麟忽然反應過來，自己怎麼這麼蠢，原來那就是宓憐國！

難怪易華不讓自己知道他是宓國之人，因為宓國表面上是辰甦國的友邦，實際上卻與辰甦國處處針鋒相對，兩國的人民相處得並不融洽，國際局勢而言處處是鉤心鬥角，而且一直有開戰的疑慮。

燕麟對易華如此顧慮他的想法感到高興，反而不覺得易華欺瞞了他什麼，只說：「我不也認識你這位大祭司嗎？身分什麼的，難道足以影響友情嗎？」

「友情嗎？」

原先看燕麟面露驚訝，就知道易華一定瞞著他，想不到燕麟一點也沒生氣，甚至全然信任著易華……他這個人爽朗不拘小節的個性，御風也算是摸出了兩三成來，這才真正生出想與他交朋友的意思，卻沒想到燕麟早就已經把他當成朋友；在這之前，御風總覺得自己不需要任何朋友，如今，他卻覺得燕麟很有結交的價值。

他叫道：「燕麟，在我床舖下有扇暗門，你進去把裡頭的東西拖出來。」講得神祕兮兮的，此番動作更是刻意要燕麟去一探究竟。

燕麟笑笑，也不推辭，鑽入床底下以後，「哇喔！」隔著暗門，床底下似乎還有一個不小的空間，而燕麟的驚呼在那空間裡悶悶迴盪。

待到人出來，燕麟懷裡多了一瓶陳年佳釀，令房裡香氣四溢，聞者醺然，燕麟呼吸著這醉人的空氣，早已垂涎欲滴，御風更是拿來一對杯子，在茶几前端端正正地坐了下來，豪爽道：「我們喝！」

燕麟也抱著酒，走到桌子前坐下，他接過杯子，卻皺了眉頭，始終沒有開酒，「你是受傷的人還喝酒？而且你不是大祭司嗎？為什麼房間裡暗藏了這麼多酒？」

御風沉了眼，「不喝酒的男人不是男人，就連琉晞都喝酒，神殿的規定就該由代表神殿的標準人物秋水來實行。」

燕麟暗暗道：「你居然說你弟弟不是男人……」

御風看了燕麟一眼，面有責備，燕麟回看過去，兩人竟相視而笑。

燕麟揚了眉，「喝是能喝，老子豈能被說不是男人？只是我喝酒是挑對象的。」

御風抓住他握著酒瓶的手，燕麟的手指修長，指甲形狀優美，初摸是乾燥，過一會兒就能感覺到掌心的燠熱，手的正下方還有一截皓腕，握起來十分纖細。御風握住那腕，逼問道：「是不是兄弟？一句話。」

燕麟未曾注意到御風喜歡上握他手的感覺，咧嘴嘻嘻笑道：「從今以後都是。」

兩人擊掌。

御風主動開酒，拿過燕麟的杯子，才替他仔細斟了些，就發現燕麟人已經沒有在座位上，卻是在茶几邊跳起奇怪的舞蹈來，揮手的扭腰的擺臀的什麼三八姿勢都有，還跳得很是開心，一隻手高舉著，另一隻手一直在劃圈，身體兀自繞著圈子跳，跳完一節又換一個舞步，拍拍手就開始跳起大手大腳的喪屍舞。

御風今天簡直笑到超過額度了，他一邊「啪啪啪」地大聲拍案，一邊指著燕麟「咯咯」笑道：「你怎麼跳起大神？」

燕麟終於停下舞步，面上都已經沁出薄薄的汗水來。他走到茶几邊，一時未坐，御風以為燕麟居高臨下地在看酒與酒杯，沒想到燕麟卻是在看他。

「我當然應該開心。」燕麟直直地看著御風，一手按上心口，「因為我知道你是值得生死與共的人。人的一生，不就是為了在成千上萬的人之中，尋找那僅僅只有一或兩個能肝膽相照的朋友嗎？而我現在找到了你。」

喝過酒以後，御風竟然主動提出要與燕麟結拜，燕麟欣然同意。兩人按照神殿古法，拿了在神像前供奉過的神線，將兩人的小指用這紅線纏繞在一起，直到紅線揮發成淡淡的光芒。

纏完紅線以後，兩人一起划船到鏡湖正中央的湖心嶼，請千年藍梅樹作見證。

湖心嶼蒼翠碧綠，在水光接天的鏡湖裡像顆珠翠瑪瑙。

上了岸以後，他們登上湖心嶼的最高點，深入層層陰鬱的森林，不知走了多久，頭頂的樹林才豁然開朗，他們一眼望見那棵特別茂密高大的老樹。

老樹已經成仙，終年花開不落，花的顏色鮮豔得好像藍寶石粉末染上去的，一枚一枚琢在硬朗的枝頭。

御風從登船一直到樹下，一路都沒有開口。

他拉著燕麟的手，一臉嚴肅地來到樹下，一蹲，兩膝直接跪了下去。燕麟知道，對御風這麼鐵錚錚的漢子而言，任何時候要他跪都是有難度的。雖然決定得毫不拖泥帶水，但是對於結拜這件事，御風顯然也下了頗大的決心。

仰頭極目望著閃爍燦目的枝頭上一朵一朵飽滿的藍色梅花，花瓣邊緣正閃動著七彩日光。

御風滿面虔誠，雙手合十道：「蘇葉神在上，蘇葉神與摩拿神是兄弟，蘇葉神是那掌管兄弟情義的神，請蘇葉神為在下見證。

「在下御風欲與燕麟相知，以年歲論，我是兄而燕麟是弟。我願作他的兄長，為照顧他付出我該當的責任，若我未善盡責任，就請蘇葉神制裁我、使我付出代價。」他說話是這麼壓切行雲，卻又不失真摯。

燕麟聽著這一席話，渾身都因為感動而顫抖起來，雖然自己於御風確實有救命之恩，也未曾對御風索討過，沒想到御風自願發下如此誓言。

這裡是蘇葉神殿，是最接近天庭的地方，在這裡發下的誓言，將會百分之百應驗，相信御風再也清楚不過，這已經是一輩子的承諾。

御風願意從此一生照顧他、愛護他，就像他對待秋水那樣嗎？想至此，本來就是孤兒的燕麟，不禁眼眶發熱。

燕麟也雙手合十，闔眼向藍莓樹祈禱道：「蘇葉神在上，蘇葉神是掌管兄弟緣分的神，請蘇葉神以無上的權柄見證我們今日的誓言。

「在下燕麟欲與御風相知，御風是兄，我甘為弟。為了與御風在今生生死與共，在此我們結為兄弟。若我違背誓言地苟且偷生下去，就請蘇葉神大大地責罰我罷。」

結束，兩人默契相投地互相對眼，開始三拜之禮，一拜蘇葉神，二拜藍莓樹；第三拜，雙方同時轉身，向對方深深拜了下去。

他們都站起身，御風拍拍膝蓋，燕麟拿起隨身攜帶的酒壺，釃酒於樹下。

這時，發光的龍形混合著三色花火，自樹根一路躍升到樹頂，期間有金雨細絲飄飄，無數火樹銀花自葉隙間翩翩灑下。

『本座已經聽到你們的心願。在蘇葉神座下，本仙的見證之下，你們雖出於不同母胎，將在這一世以兄弟的身分緊緊連結。以後他有難你必助，他需幫忙你得幫。兩人的命運就是一個人的，你們缺一不可。』

十九　魄銷魂逝

琉晞靜靜地跪在蘇葉大殿上，那尊冷冽透著寒氣，金燦逼人的蘇葉神跳舞像，正居高臨下地逼視著倚在祂底座邊祈禱的身影。

滴答的漏聲空靈地迴響在金殿裡輝煌鼎立的列柱之間。鏤刻的滴漏中，寬闊的水面上正微微漣漪著，映現琉晞彎彎的翠眉與蒼白的臉。

琉晞剝去覆在面上微掩容顏的面具，緩緩抬首，紺碧的髮絲落在他細嫩的臉與頸上。他雙手合十道：「告訴我……告訴我，我要怎麼做？」

蘇葉神像佇而不語，像上愉悅的表情好像在嘲笑琉晞的癡與無能為力。

身影在大殿花窗灑落的點點彩光下顯得佝僂，萎靡的琉晞還清晰記得，就在昨晚，他聽了易華的話去占卜，卻在夢裡卜出這樣的一個結果來，是蘇葉神賜與他的：

> 你的殿必被拆毀，你的國必滅亡。你的神要執戈對著神的雙生兄弟，神的兄弟發誓要摧毀祂的一切。
>
> 玉砌必被打碎，祭禱的金鼎將被融入敵人的鍋中。你流落失所，徬徨無助。以前祝福你

的神，你將被祂禁錮終生。

這是你　神給你的誠言，祂必實現。

這座神殿是他從小到大生活的地方，簡直是他的家鄉，這座殿的主人蘇葉神則是他一生的依靠。曾經想逃離這座神殿，曾幾何時，自己卻已經依附在神殿上，與神殿休戚與共；對他而言，最無法接受的是——竟是蘇葉神要毀滅他的一切，那是他敬拜了一生的蘇葉神，是神要拆毀他自己的殿！

蘇葉神殿被毀的話，他能何去何從？蘇葉神去與摩拿神拼搏的話，他琉晞身為神祭還剩下什麼責任能執行？是幫蘇葉神毀滅摩拿神殿嗎？

守護蘇葉神本來是他的責任，蘇葉神卻想毀滅自己，他能阻止蘇葉神這麼做嗎？

從上古時代的預言，就說到蘇葉神總有一天會與摩拿神同歸於盡，因為那是蘇葉神最大的心願。偽經甚至提到，蘇葉神是喜愛毀滅的神。祂早已不滿這個世界，祂經歷過生生死死多次輪迴，如今已活到衰老的第十紀，祂不想再衰老下去，勢必尋找自己的滅亡。

祂若是執意要毀滅，那麼天界眾多信奉祂的信徒，是不是都會被祂一起毀滅掉？蘇葉神，怎麼會想要殺掉所有人，怎麼會是這樣自私又罪惡的神呢？

「琉晞，別這樣……」

不知自己究竟是何時流下淚來，會流淚一定是因為心中的恐懼大過一切。

後方有個人推開大門，古老的殿門緩緩發出一長聲「嘎——吱」聲。來人緩緩地走了進來，一步一步，慢慢地走到琉晞身後，把琉晞抱到懷裡，以指拭去琉晞的淚。

琉晞轉過身去，以拳搥打那個人，「祢為什麼要拆毀自己的殿！祢明明是個神，為何不使信徒平安，反而執意戰爭！」

朦朧的視線裡，受他搥打的人，緩緩捉住他的手腕，將自己摁進他的胸懷。『我只能預言未來，但我亦無法改變即將成真的未來。』

那人生著跟蘇葉神一樣俊俏的眉目，祂的黑髮濃密如瀑。他袒著胸，光裸的胸膛上垂掛著數條長金飾，上頭掛滿流光溢彩的各色寶石，天青石、碧璽、黃水晶、剛玉……藍的是蔚藍海的水色，紅的則像是燒灼世界的燄色。

琉晞還知道，蘇葉神住在水晶砌牆的宮殿裡，大理石造成的白色建築高聳入雲，七重彩雲環繞著宮牆，平滑無接隙的尖房頂是用光滑的板玉一片一片拼成的——祂怎麼會站在自己面前？他本來應該要很遠很遠，就在琉晞永遠碰觸不到的地方。

蘇葉神一生未曾與琉晞真正接觸過，現下卻將琉晞緊緊攬在溫熱的胸懷，側耳甚至能聽見「祂」有心跳，能以側臉感覺到心前的鼓動。

蘇葉神低下頭，用黝黑而光滑的臉頰摩蹭他，異色的眼裡柔情似水，色澤飽滿的紅唇裡頻頻呢喃著：「我愛你，我的后座……」

琉晞竟忍不住回嘴道：「祢是個神，祢要顧及祢的子民，祢怎麼能真正去愛一個凡人？祢有資格說『愛』嗎？」

琉晞覺得好笑，簡直不能接受，他知道自己對蘇葉神是敬虔而不是愛，他能跟燕麟一直生活下去、他知道燕麟對他很好，但是長年的神殿生活使他失去了熱情，他亦了解燕麟不會屈於單單只跟一個人過活這樣平淡的日子，自己怎麼可能跟燕麟相守？

蘇葉神的眼裡有星火的熱情，他柔柔地開口道：「多少年了，你早晨來晨禱，午間焚香，午後替我的祀盆換水，夜晚在我的祀盆裡插上有清芬的竹枝，夜半時分在我的神像前跪下，雙手合十地夜禱……未曾間斷過。你與我朝夕相處，我沒有回應過你嗎？你卻對我沒有任何情感？」

「——你這麼虔誠，我一直都很喜歡你，只是我還沒有到降生的時機，否則我怎麼可能不像現在這樣把你呵護著？」

「沒有……沒有……」琉晞撇開頭，不願看他：「那都只是我的義務。」

「在你離開的這段日子，我是真的想你了，我的后座。你是歷屆的后座裡讓我最喜歡的一個，你不相信我嗎？你難道不知道自已能平安回到神殿，是因為我的庇護？」

那祢又為何允許藍夜囚禁我？允許玷汙祢聖名之事在祢眼底發生？

琉晞想躲，蘇葉神蠱惑般的盯視卻起了奇怪的作用。儘管內心抗拒，琉晞卻在這溫柔海裡滅頂似的載浮載沉，恍惚間他終於服貼地靠上蘇葉神，也就是燕麟的身子。

「如果要你付出原本擁有的一切，只為了跟從我，你願意嗎？」蘇葉神低聲問道。

琉晞一怔，竟不由自主僵硬地點下頭。

蘇葉神厚實的掌蓋上琉晞的頭髮，在頭頂緩緩地柔撫著。「很好，我的后座，你已經答應了，你的身上自此就有了我的約——你不可以再像前陣子一樣離棄我。你心裡必定要長駐著你的蘇葉神，因為你的神就是你的丈夫，你要以你的夫君為綱，以你的神為紀。一生祀奉我是你不可違抗的宿命。」

琉晞埋在燕麟的胸膛前專心聽著，忽然感受到燕麟披垂的面紗在他臉上搔著，那具有魔力的薄紗使他清醒過來。「！」猛一抬頭，重新見到燕麟的臉，一雙緋紫的眼裡仍飛著幾抹蘇葉神俊逸的

神采。

「——琉晞，我未曾看到你露出這麼擔心的表情，發生了什麼事？」

這個說話的聲音以及語調，燕麟回來了！

這個人，現在究竟是善妒的蘇葉神，還是腦筋簡單的燕麟？

琉晞愣愣望著燕麟的臉，撫上他的臉龐，猛地想起自己與這個人第一次相遇的那天，這人強自抱了他，他的身上有著蘇葉大殿慣用的焚香氣息……

這個人就是蘇葉神……是他的夫君……

儘管他從來不願承認這個身分，自己明明是個男人，為什麼卻得頂替母親的職位？甚至，要成為神的妻子……

琉晞看著燕麟的雙目裡，迷離地流淌著順服以及迷戀。

琉晞的頭靠上燕麟的臉，擁抱著燕麟，依偎著他精壯厚實的身子，「——燕麟，你會離開我嗎？」

「不會、當然不會！」燕麟不知道琉晞原來不希望他離開，他一直以為琉晞對他的第一印象不好，討厭他直到現在——然而在初見當時，燕麟以為兩人再也沒有見面的機會，他從來都不希望琉晞討厭他，就好像天生被琉晞吸引。

「燕麟，燕麟……」癡迷地聲聲喚道，就像大殿的金色樹枝燈台上亙古不滅的燈焰一樣，一股起自他身體最深處的火燄也熊熊燃燒起來。自初見以後，燕麟就對他服服貼貼，未曾再碰過他第二次。琉晞親吻燕麟的臉頰，至他的唇，輕輕掠過，帶來搔癢的感覺，再以沙啞的聲音低聲喚他：

「燕麟……抱我……」

「我不是正抱著你嗎？」低頭卻見他心中最美的「女神」，在他幻想裡就像是自畫像裡走出來一樣的琉晞，本該聖潔莊嚴的臉上竟帶著濃艷的惑色。

一對碧綠的桃花眼裡蕩著水光，淡粉色的蜜唇微開，有甜香自整齊白皙的貝齒間逸散出來，白瓷般的臉頰透出淡淡的梅紅。這讓燕麟頓時炸鍋了，坐在地上給琉晞的身體壓住的兩腿間，有什麼東西就要給帶起來……

——不可以，絕對不可以再褻瀆神的妻子！

燕麟慌忙之下，在地上拾起方才被琉晞剝下的半臉面具，將其快速覆上琉晞的面。

這樣一來，就看不見琉晞的表情還有長相究竟如何了！燕麟得救似地嘆了一口氣，抹去額上的冷汗。

琉晞被這出乎意料的動作給驚住，竟是恢復正常了。方才就好像被迷住心竅一樣，令他自己都不解，怎麼會說出這些話來？

燕麟輕道：「琉晞，我愛你，但是你是蘇葉神的妻子，我不可以再碰你……」

琉晞聽到燕麟說愛他，嘴一下子闔不攏，衝口而出道：「你不是不信神殿的這些嗎？我就是因為這點才喜歡你，想不到你現在卻變得跟其他人沒兩樣，這麼畏懼蘇葉神！」

燕麟被身為神祭的琉晞這一番驚世駭俗的話給懾住，人在蘇葉神像面前，卻說出這種話來，琉晞也是深感不妙，趕緊把燕麟拉出大殿。

兩人來到走廊上，鞋底踩在地上喀喀有聲。燕麟又想抱抱琉晞，卻禁自忍住衝動，反而把琉晞緊捉著他手臂的手撥開，轉身就要走了。

琉晞發現燕麟竟是比初識還不如那般地對他有所顧忌，趕緊叫住他：「你是為了逃開我才要出神殿嗎？難不成是去找那個摩拿神特使……就為了那男的送你那塊綠寶石？……你知道我把它弄壞了？」

燕麟早就心有所感，發現身上少了什麼，卻又覺得這恐怕是易華自己的安排吧，畢竟寶石的功能本來就是傳話，要傳話給誰，不都是由易華自己決定的？

雖說這塊綠寶石曾經是由他姊姊佩戴，但這也都是以前的事了，就算壞掉也沒什麼吧，大不了自己再代替琉晞給他賠罪就是了。

原來易華讓寶石留在琉晞那裡了……真不知道他告訴了琉晞什麼。

燕麟回頭看琉晞，卻見琉晞說這話的時候，面容很是不悅。

他解釋道：「沒有，我是為了幫御風買藥才會下山的。御風說神殿裡都慣用治癒術，可他現在靈力不足，不能用治癒術解決，他就給我藥方子，讓我下山去幫他抓幾帖回靈丹。」

琉晞還不清楚御風的情況，問道：「當然是因為靈力在一般情形下不會盡失，神殿裡才沒有相關的藥方在庫。奇怪，御風怎麼會喪失靈力？這種情形很嚴重，是我的話，搞不好連寫方子的力氣都沒有。」

燕麟只好一五一十地把事發當時的情形都告訴琉晞。

琉晞聽了，先是驚異，面露歉疚之色，「就像你說的，我當時應該去救御風，我卻放任他被這麼對待，他對我畢竟也不差，我實在……」

燕麟沒有怪罪，他拍拍琉晞的肩膀，安慰道：「人都已經平安回來了，還想這些做什麼？更何況像秋水那麼專橫，也不會聽話，你跟我一起去了，要是受傷該怎麼辦？」

「所以你不是為了寶石的事情去找易華……」

琉晞只抬眼覷著他。

燕麟賤賤地笑了，湊到琉晞耳邊，咬了他薄薄的耳廓一口。

琉晞睜大了眼，眉眼帶煞，用肩膀頂燕麟的下巴。

「噢！」燕麟痛出聲來，趕緊把頭收回來，抱怨道：「剛剛才在鼓動我『抱』你，現在卻咬一口都不肯，真奇怪！」

「我有要你咬我嗎？」

見燕麟居然不大擔心易華送他的寶石，琉晞不由得鬆了口氣，覺得易華那一席話都是唬他的，燕麟怎麼可能會被……

「你快去替御風抓藥吧，我在殿裡還有要事，恕不奉陪。」說完，琉晞把面具掩得更密實，快步離開了。

看著琉晞長髮飄逸的背影，還有身著神祭袍，以白絹覆蓋，那若隱若現的纖細長腿，燕麟心裡總覺得好笑，從一開始他就不明白自己在琉晞的眼裡，究竟是什麼模樣，琉晞又是怎麼看待他的。

走了好一段路才下山，等到終於抓完藥，都已經是傍晚了。想到上山的路何其漫長，燕麟的眼神全死了。

他在逐漸歸家的人煙中漫步，行人見到他身上高貴的祭袍與面紗，都低著頭向他膜拜。

「祭司貴安。」又是一個向他膜拜的人。

燕麟習慣性地向其微微頷首以表回禮，「……燕麟，是你嗎？」而後傳來那膜拜的人疑惑驚喜

參半的低呼。

燕麟終於定睛正視那個堵在他面前的人。

一頭濃密鬈曲的黑長髮，髮上綴有些許金飾；眉心間有紅得分明的硃砂痣，兩眉如劍，一對藍寶石般閃鑠晶光的珠眸，五官深邃得使人一見就無法再忘，微微的鷹勾鼻，淺淺的眼窩，還有深麥色的皮膚。身上首飾繁複，與之對比的是以整塊民族風花布斜肩包覆身子，僅僅單一布料已經涵括全身所需穿戴的衣物，如此簡單至極的穿法。

「阿卡蘭！」

「燕麟，怎麼會穿成這樣！」

幾乎是同時，兩人爆叫出聲。

眉目間異國風情濃重的來人立刻上前摟住了燕麟，香郁的薰香以及焚香氣息襲人。燕麟感受到那人熾人的體溫，身體裡想必也流動著滾燙的熱血……輕拍那人的手臂，臉上滿是欣慰，「阿卡蘭……我好想你！」

阿卡蘭的父母是自薩稔國來的過客，在他的父母來旅遊的那一年，他與父母走失了，又彷彿是被父母刻意拋棄一般，當時他還很小，一直想要尋找父母的蹤影，但是隨著觀光客潮褪去，父母的影子在那陣來去的波浪中消失，自己則是被留下來，成了辰甦國中的異類。

燕麟是孤兒，但是他並不怨嘆自己的命運，這是因為在辰甦國，由於貧富差距的關係，父母養不起太多小孩，使得街上還有許許多多像他一樣的孤兒。

也許燕麟有著天生的膽大以及領袖特質。流落街頭的孩子們，或被路人追打，或被富人鄙視，總是有燕麟替他們出氣，於是都擁戴燕麟為老大，創立了「水肥大隊」是為流浪兒們的幫派。

而阿卡蘭仗義直言，只要團體裡有人被欺負，他一定是第一個去算帳的，就算被打得遍體鱗傷也在所不惜，也很受團體成員的青睞。彼此雖然沒有血緣關係，但是團體內的緊密連結就彷彿血緣一般，是切都切不斷的感情，有事眾人扛，哪怕只有一點點的甜頭，也不會有人獨占。

「……沒想到你還記得我。」燕麟坐在榻上，抬眼看著阿卡蘭，「我在神殿裡沒有感覺到時間的流動，我不知道到底過了多久。」

阿卡蘭自廚房裡端來菜餚，端盤上一碗碗是鷹嘴豆料理、鄉村起司、小茴香等等香料與調味料濃厚的美食，是只有阿卡蘭才做得出的薩稔味，口味很重但又養生，只要是吃過的人都忘不了香料的撲鼻味。

阿卡蘭後來在辰甦國裡認了一位同樣自薩稔國來的大叔當乾爹，但是他始終只稱呼那個男人作叔叔。

那個男人是開薩稔餐廳的，生意很好，他傳授阿卡蘭一手好廚藝，讓阿卡蘭在他的餐廳裡當主廚，卻很少讓他休息，對他的待遇也很不好，對阿卡蘭從小到大都不曾真心關懷過。

燕麟不先吃菜，只端起盤子裡的一杯粉紅色的甜奶昔來狂吸。阿卡蘭見了，笑得都瞇起眼來，「我當然還記得你，我也還記得你最愛喝甜的——你看你像隻蜜蜂似的，一直吸！」

對於拋下過去的朋友，在神殿生活下去這點，儘管燕麟無法抗力，仍然感到愧疚。

他含著吸管，低下頭去，不敢面對昔日好友，「這間屋子的擺設還是一樣，一點都沒有變啊……」他為了轉移話題，如是道。

「……沒有改變，也就意味著沒有成長……」阿卡蘭低語道，注意到燕麟直直盯著他，才換了語氣，帶有鼓勵意味地道：「是的，這裡還是一樣，只是外面的一切已經不同了。」

轉頭望窗外，依舊車水馬龍的街頭，垃圾隨風吹過，地板坑坑巴巴，街景很不好看，剩下最美的，是過去與夥伴們在一起的回憶，卻再也看不見往日生死與共的兄弟們了……阿卡蘭忍不住感嘆道：「大家都聽說你被神殿抓走了，甚至我們之中的人得到消息，說你已經死了。」

燕麟怔怔聽著，不忍看阿卡蘭的表情，而阿卡蘭難掩寂寞，繼續緩緩地開口說著：「有人提議要推舉新首領，但——我們的團體是為你而生，在聽說你死了之後，大夥都沒勁了。大家都不想長大，但是為了生存，我們大部分的人都去工作了，有少數的人去別的城市流浪求生存，除了我以外，沒有人再留在這裡……」

「就直接推舉新首領不是很好嗎？怎麼這樣呢……」人心隔肚皮，還是屬他的死黨們最忠誠，但是這樣的赤誠反而害了他們……燕麟一陣詫異道：「這是他們從小長大的地方，為什麼都不願意留在這裡？」

「這裡的回憶太多，他們會難過，不希望被別人看見他們因而哭泣的樣子，他們也覺得我太冷酷，怎麼還能裝作沒事人的樣子，繼續待在這裡呢？」

儘管看見阿卡蘭的面上仍帶有笑意，燕麟又豈會不知道，阿卡蘭現在根本是苦笑，他曾經是與自己最親近的人，自己要是真的死了，最難過的人一定是他；他待下來恐怕不只是為了他叔叔的餐廳，更是為了給他自己一個機會，來親眼證明他最好的朋友根本沒死——如今，他的心願達成了。

燕麟感到很慚愧，為何自己活下來以後，也沒有想到要來給這些朋友報音信，尤其是阿卡蘭，自己現在也寬裕了，卻沒想到要好好照顧他，過去阿卡蘭可是怎麼照顧自己的。若非這次因故外出，恐怕與這個好朋友，真的是一生不見了！

「我們是一起窮過來的，住在同一座垃圾山下，阿卡蘭，你的心地天生就這麼好，我知道你不是像他們嘴裡說的那樣。」燕麟拍拍阿卡蘭的肩膀，想安慰他。

阿卡蘭卻不想要安慰，他握住燕麟的手，堅定地問道：「燕麟，你還回來嗎？求你回來吧，不要再離開我……自從你不在，老朋友們都走了，還有人被欺負，卻沒人可以替他報仇。只要你在，我一通知，大夥們都會回來！」

這是一個生死交關的時刻，一個命運從此分歧的抉擇。

儘管那些兄弟的確有情有義，燕麟卻深諳人情，知道人的性子是會受時間消磨的，這麼長的時光過去，肝膽相照都會被曬乾，不禁為阿卡蘭的信心苦笑，「別傻了，只有你記得我……畢竟大家都曾生死與共，我卻這樣拋下你們，過得好好的，要是叫他們回來，他們反而會恨我。」

阿卡蘭一直在懷疑燕麟身上的女裝，知道燕麟必有苦衷，他搶道：「你被蠻橫的神殿抓走是事實，你沒有對不起我們！大家本來就不可能永遠聚在一起，遲早都要散的，就算散了那都不是你的責任啊。」

燕麟一臉躊躇，而阿卡蘭殷殷切切地道：「你不想大夥聚集也就算了，不論如何，至少我還在這裡，你留下來……我們好久不見了，你就不願意陪陪我嗎？」

燕麟沒有察覺阿卡蘭的不安，才在想，人在神殿恐怕是不容易出去的，一個激靈，忽然站起來，「啊！門禁時間快到了……」

連阿卡蘭準備的一手好菜都沒吃，他就撩起潔白的裙襬來，隨手擺了擺頭紗，把前紗放下來遮住面容，匆匆忙忙要離去。阿卡蘭一把捉住他的手腕，不讓他離開，「過去你天不怕、地不怕的，什麼時候見你這麼慌忙過？你到底在怕什麼，怎麼要走了！」

燕麟有難言之隱，只說：「只能先再見了……」緊接著往門口走去。

阿卡蘭緊追在燕麟背後，亦步亦趨地道：「叔叔說以後會把餐廳交給我，你又何必靠那間神殿生活？你怎麼被他們陷害以後，反而成了他們的人？」

燕麟心裡卻明白得很，要生活只能靠自己，阿卡蘭的叔叔不但苦待他，連他自己的生活都過不下去，那個壞叔叔也恐怕還要過很久才會退休，靠阿卡蘭絕對是行不通的。

他什麼都沒有說，連道別都不語就是不希望阿卡蘭太掛念他，低頭，欲揮別這段不捨的過去，就逕自出門了。

❖

「你去哪了？」

偷溜回來的燕麟瞬間凍住了腳步。

琉晞雙手抱胸，慵懶地靠在石柱上。儘管有面具遮擋，他的目光依舊賊得厲害，他悠悠地瞄向燕麟手上提的中藥包。

燕麟被看得渾身發抖，琉晞卻沒有說什麼。

「你看起來好像很怕我。」淡淡的眉眼掃去，清澈的眼裡，竟流露出一抹落寞來。

「去吧，快點把藥交給御風。」琉晞輕聲催促道，燕麟只好先快步離開。

『過去你天不怕、地不怕的，什麼時候見你這麼慌忙過？你到底在怕什麼，怎麼要走了！』轟然想起阿卡蘭說的那句話，燕麟的心都涼了一半。

過去的自己，根本什麼都不怕……如今卻在怕什麼！為什麼變得什麼都怕？究竟是什麼在潛移默化之中不斷改變他，都要把他的心志給磨平了？

當晚，煎藥給御風喝下以後，燕麟草草洗梳完，就去睡了。

他為了琉晞對自己的冷淡，更是為了自己對琉晞的態度輾轉難眠。恍惚間，聽見不遠處傳來豎琴美妙的樂音，錚錚鏦鏦，好不動聽。

那陣柔和的樂音就像暖暖的海水一樣，輕柔地撫摸著他的全身，將他溫吞吞地推向甜蜜蜜的夢鄉。

燕麟抱著被子，就感覺懷裡好像抱著琉晞一樣，翻了身，終於睡了下去。

夢境裡，他感覺自己身輕如燕——雖然他的名字裡有個燕字，卻從來沒有這麼像燕子一樣輕鬆自在過。

燕麟微微踏步，腳步陡然踏進清澈涤水中，水面上浮著一層淡紅色的火鱗粉，正在閃爍明滅著。就是天祭的時候，自己誤入了這塊地方。轉眼間，彷彿已經過了千年萬年一般，連記憶裡的蝶泉是什麼模樣都不記得了。

唯有那個縹碧色的人影，清晰地亭立在模糊的景裡，半褪著身上的衫，正在捧水沐浴。

燕麟的腳步凍住了，他居然回到了那個時候。如果能讓他重新選擇，他會怎麼選呢？

『那裡有人，是嗎？』卻是琉晞先出了聲。聞言，燕麟屏氣，試圖屈身往濃密的深草裡躲。

琉晞早已披了衣服，踏著舒緩的步子走了過來。晶亮的燦眸，纖長蜷曲的長髮絲，白皙得透光的皮膚。

琉晞一如往常地完美，彷彿畫中人一般無懈可擊。

夢的世界，時光流轉得很快，裡頭的東西也不是真的，例如燕麟不是孤兒，琉晞也不是神祭。

他們已經在蝶泉會面很多次，因為夢裡的蝶泉沒有結界。好像只要是你想要的，開口向夢乞求，夢就會幫你實現。

他們並肩在鮮碧的草坡上坐著，在夜晚閒看附近圍繞的四色火鱗蝶。琉晞才伸手去碰，火鱗蝶就飛快地溜了，只餘琉晞的指間有一層淡薄的珠光仍然明亮。

沒有面具，沒有華麗的祭司袍，沒有神殿的束縛。琉晞正專注地盯著發亮的手指看，燕麟偷瞥著一臉悠哉的琉晞，不禁問道：『琉晞，你過得開心嗎？』

琉晞看了燕麟一眼，大概是覺得燕麟問這個問題很奇怪，發出一陣「咯咯」的無害笑聲，再仰頭往柔軟乾淨的草皮躺下去，舒展著纖長的四肢。『我覺得這樣的日子好平凡、好無趣……』

燕麟忍不住也笑了，是啊，假如現實真的像夢這樣安穩，自己從來沒有結識過易華、御風、秋水、藍夜，這不是很無聊嗎？卻也愉快。

『我覺得這樣也很好。』琉晞轉過身來，肘撐著草皮，抬頭來看著燕麟，『如果我問你，願不願意這樣跟我過平凡的一生，你願意嗎？』

夢境無歲月，花開不知年。

在歲月的變換下，琉晞曾幾何時不見影蹤，空留他給的那個問題——也許是因為燕麟根本沒有答應，他不願意被這麼無聊的人生束縛住。

真正想要的人生，真正希望陪伴在自己身邊的，究竟是誰？

張開手掌，看著上頭密密麻麻的掌紋。人生就像這些掌紋一樣，是無法解開的密碼。

在人去人往的街道上，他的肩膀不小心撞到一個人。『唉！』碰撞的力道太大，那人忍不住唉了一聲。

茫茫人海中，燕麟只來得及說一句「對不起」就已經被人群衝散。對於那被撞的人，燕麟看得不很仔細，只記得長得很高，一身黑衣，後髮很長。

在一次皇家舉辦的龍門宴上，只要是有蒙面具的人都能參加。

他在抽舞伴的時候，傻愣傻愣地抽到的舞伴，穿著一身有搖鈴的肚皮舞裝，金粉灑了一身，渾身是龍涎香氣，身材過於高挑不像是女孩子該有的體格，掩藏在半面具下的容顏卻十分清麗，艷冠群芳的中性美使得在場的人無不怦然心動。

那個晚上，在曖昧而炫麗的多采燈光下，燕麟沉醉於那女性濃濃沙漠風情的斑斕舞蹈之中，揚起的輕紗反光下絢射五彩，紗底的鈴鐺不斷發出清脆聲響，有力的腹肌覆著一層薄薄的結實肌肉，潔白的肌膚摩擦著燕麟的肚腹，那晚，燕麟被這人全然傾覆、征服……

直到後來由涵凌帝宣布，才曉得自己是多麼地幸運，抽中的舞伴，那令所有人屏息的異國美女，原來是宓國的千金公主。

在空念山腳下的小酒吧裡，坐著一位完全融不進店內氣氛的客人。店裡氣氛是紙醉金迷，那人卻坐在吧台邊自顧自地喝著酒，淡淡的，那人端莊的坐姿中，透著與世無爭的氣質。

燕麟下意識走到那人身邊坐下，已經先向酒保要了一杯酒。一對上那雙琥珀玉的眼睛，才發現——如此澄澈的雙眸，這男子竟然就是他在宴會裡遇到的「千金公主」。

那位千金公主也認出他來。彼此哈哈大笑，相互勸起酒來，一杯又一杯，直到天明，兩人都趴在吧台上一醉不醒。

兩人昏昏沉沉，一起去旅館睡了一夜，對方終於老實告訴他，自己的名字是易華。

會去龍門宴完全是個意外，由於他們在辰甦國的邀請之下有面子壓力，該國又規定女性不可任意出閣，這才由他假扮姊姊去出席舞會，既有出席，又不會失了他姊姊的臉面，至少國內都知道出去的人並不是真正的千金公主。

幾個月後，卻由於易華的無心插柳，害得他的姊姊引起了涵凌帝的興趣，被涵凌帝索要過去。宓國起初並不答應，最後卻屈於涵凌帝的霸道，將千金公主送進辰甦國寂寥的後宮之中。

燕麟一路走來，伴隨著易華，看見易華有各樣的悲痛，還等不及接受最愛的姊姊永遠不會再回到宓國的事實，老哈里發駕崩的噩耗就傳入易華的耳中，易華終於崩潰了。

易華在歸國臨行前，將姊姊交付給他的綠寶石項鍊送給了燕麟，按著他的手背，專注地看著他，同時問道：『我們的相處雖然不久，但是……我真的把你放在心裡。有我，對你來說是值得開心的事嗎？』

『你願意跟隨我來到宓國，與我一直生活下去嗎？』

……！

燕麟轟然醒來，清晨的涼空氣颼颼地自半開的窗透進來。燕麟伸手去摸黏著碎髮的前額，摸得一掌心的汗。

方才的夢，對自己而言，究竟是好夢，亦或惡夢？

自己是向來無夢的人，即便作夢都會在醒來的瞬間全部忘記，唯獨這個夢特別奇怪，讓他記得清清楚楚，好不容易跨越過長的時程以後還要來繼續鼓搗他的心。

燕麟深深嘆了一口氣，手隨意在被窩裡探著，懷念著入睡前彷彿把琉晞抱在懷裡的感覺，卻也想念起將易華摟在懷裡的手感，伸手一握，忽然握住一條鏈帶，就好像那條鍊子是先前自己親手搞丟似的，在被子裡會找到完全是自然發生的事。把那莫名其妙的鏈帶自被子裡拖出來，竟是條鑲嵌精美的祖母綠。

還以為琉晞弄壞了，原來一直都在這裡嗎？燕麟迷迷糊糊地心想。

直直盯著寶石表面的時候，一個人影自寶石核心浮現出來，寶石裡頭漾起圈圈深淺漣漪。

那人琥珀色如黃玉般的眼裡，黑如墨染的瞳孔細細長長，那對惡魔般的眼就這麼盯著燕麟瞧。燕麟挪不開視線，與項鍊那頭的人持續對看著，彷彿失了神。

這時幽幽的箜篌聲再次響起，音符自己轉了彎，繞過根根柱子，從窗戶穿進燕麟的房裡。

空音傳腦，燕麟的腦子一片模糊，視線渙散起來，視線一黑，無法再從項鍊裡看到任何影像。人已經要昏下去，心臟卻好像給人捏著一樣，刺刺地發痛起來，讓他的身子僵在那裡坐著。

意識逐漸遠離，聽著已經不屬於自己的啞然聲音，朝著項鍊裡的人痛苦地喊道：「易華……易……華……我……你……」

項鍊裡的人影冷酷地看著他，明明能說話，卻一聲不吭，刺來的目光只是清冷。

夢裡的那句『我願意』沒能再有機會傳入易華的耳中。

是的，如果要跟隨易華去宓國，與易華一直生活下去，燕麟願意。

只可惜，易華沒有給燕麟這個機會，甚至也不願意給自己留一個機會。

他只是繼續催動著寶石裡的暗示，讓曾經見過寶石的琉晞彈奏豎琴，讓現在握著寶石的燕麟……把身體讓給蘇葉神。

❖

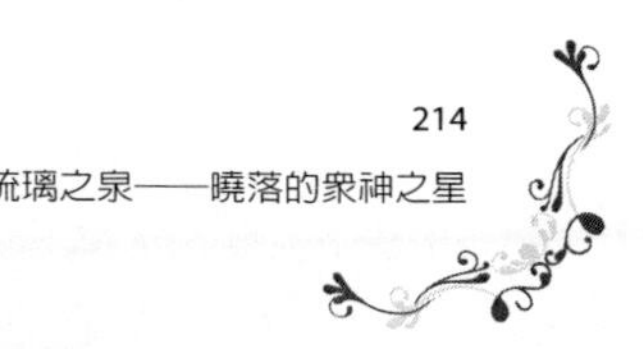

昨晚，琉晞見燕麟回來得太晚，想去關心他、問他是不是在外頭髮生了什麼事，燕麟卻這麼害怕，這使得琉晞的心都空了下來，易華才抓住這個大好機會，趁機侵入他的心智，啟動那一次用綠寶石植入他神智中的暗示。催使琉晞彈琴。

事情終於成功了……自己著手布置了甚久的局，終於成功了！召喚出蘇葉神，使自己的宿命儘快被執行完成，這不是他易華活下來的意義嗎？

可是為什麼現在一點都不開心？一點都沒有壯志酬成的激情？

易華以手捂面，心裡不斷自問——能把這種事做得這麼果斷，他到底有沒有喜歡過燕麟？一點點也好，從一開始就感覺到燕麟是蘇葉神預備好的容器，他是為此接近他的，為了引導蘇葉神的重生，還對他用了摩拿神的法器，將摩拿神的汁液注入他體內，加速他的覺醒——那麼自己到底有沒有喜歡過燕麟這個凡人？

他一直不斷反覆地自問，因為他知道：

真正的燕麟再也不會回來了。

他愛的那個人已經永遠消失在宇宙中。

自己也就理所當然，不必受燕麟的質問，也不會有人代替燕麟來責備他的背叛吧？沒有人能再來替燕麟責備他，燕麟何辜呢？

燕麟受他的陷害，連死都不算，他的靈魂已經直接消失了——易華想知道，這次燕麟會不會對對他生氣？

自小，易華就是摩拿禮拜堂的招牌人物，信徒們樂於對著他頂禮膜拜，他們需要有個人崇拜，否則心中沒有依靠，於是他們將易華當成傳說中的先知。

易華覺得自己是展示物，隨著客人來，他因而高興，卻也隨著客人的離去而傷心難過。在受神殿訓練的過程中，他當過長達十年的廟妓。

他的信徒來來去去，有的人曾給他感情上的承諾，這使他心情反覆起伏，直到他再也不相信任何人，才終於平復自己的情緒。

易華恨蘇葉神，就因為蘇葉神虐待摩拿神，才使得摩拿神出走——就是因為有了摩拿神殿，有了與蘇葉信仰全然不同，卻依然同出一脈的摩拿信仰，自己才必須被永遠關在摩拿神殿這個牢籠裡！

終日待在神殿內，坐在高高的講台上，讓信徒們拿著金銀法器來拜自己——難道這就是他應得的人生嗎？他人生的全部都要如此消磨掉嗎？到頭來，他不是想幫摩拿神出氣，而是想替自己出氣……大愛無私，不過是騙人而已。

與燕麟在一起的這段短暫歲月，是他一生中最開心的日子，他與燕麟一同歡笑，一起一步一步走過他最鍾愛的宓憐國。

他一直沒有得到燕麟在夢裡的回答，但是，假如燕麟當時的回答是肯定的，自己是否也願意像燕麟一樣，放下家鄉的一切只為盡心跟隨對方？

假如試著逃離神的掌握、努力地違抗命運，就能真正與一位願意愛自己、與自己共同生活下去的人，那麼，他……

「燕麟……燕麟……」

易華跪倒在地，低語呢喃道，彷彿魂都已經游離出去。

二十 回到太古

「御醫大人，吾皇的病情有何進展？」

身穿一襲華貴的墨綠色金邊外褂，內襯則是長至拖地的米白銀邊絲裳，黑膚黑鬈髮的男子帶著精明的目光，蔚藍的眼珠犀利地逼視著宮廷御醫。

「王爺大人……這個，關於吾皇的病症……」

御醫實在說不出口。

現今的皇帝．藍夜已經沉睡三年，起初半年國事空轉，接下來則是由極湘代之，他已是眾人公認的代王，相較之下，藍夜則毫無實權，更像是被眾人供著拜的偶像，是眾人景仰的精神象徵，僅此而已。

正是因為極湘口口聲聲對外宣稱：「吾皇病情日有好轉，相信不需多時便可康復。」才使得國內民心穩定，外國也不至於來犯。然而，藍夜回宮以後，再也沒有醒來，大家都深信，這是來自蘇葉神的詛咒。

御醫終於狠下心，說出事實：「王爺殿下，吾皇罹患的，是夢魘症。這種病症主要源自年少時期遭受的創傷，患者在長大以後會忘記那些傷痛，然而與成人以後積累的壓力相合，就一併爆發出來，使得自身無法承受，陷入冗長的睡眠之中……陛下可能在蘇葉神殿遇到小時候曾經相處過的對象，於是勾起那些不好的回憶，身體為了保護主人、使主人免受精神傷害，於是就不肯再醒來，吾皇恐怕不會再轉醒了。」

極湘不禁想起御風，開始揣測兩人有著怎樣的過去，何以藍夜竟為了他，沉睡不起？

還有他到神殿的時候看到的藍梅花，怎麼與宮中那棵那麼像？

御醫誠惶誠恐地說出最重要的結論：「王爺殿下，吾皇就是醒了，也不能治理朝政了……您必須登基。」

不必說出理由，他已然明瞭。

醒來也不能治理朝政，因為他已經變成傻瓜了。

極湘流下兩行熱淚。

他宣布自己是辰甦國永遠的代王，他的後代子孫也是，辰甦國的皇帝，只有藍夜。

燕麟的靈魂迷失在宇宙空間之中。

他任意穿梭，看見藍夜小的時候。

他的父皇本來對這位詛咒之子不屑一顧，卻在發現藍夜的美貌以後大大地轉念，替他舉辦華麗的出宮儀式，在他的封邑賜住精美的宅邸，還封他為萬人拱戴的「麗王」。

燕麟納悶，不知道自己為何能看見藍夜的過去，對這一段不堪入目的情節，他卻覺得異樣熟悉——就好像遭遇過那種事情的，不只是藍夜，還是他自己。

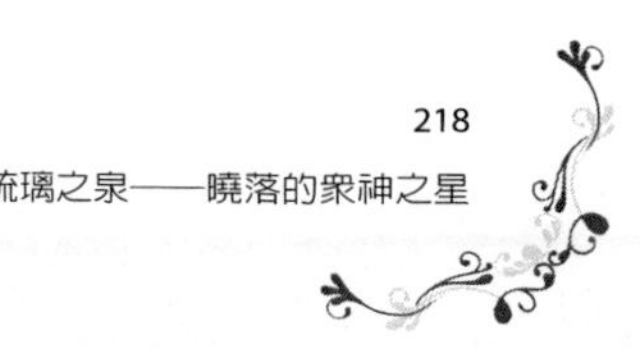

眾叛親離，無人理會，沒有同伴。

他已經感受不到自己在世界上實質的存在。

也許他的靈魂早就給琉晞的樂音勾上天國，魂魄則賣給了易華，所以他看不見自己的雙手，無法觸摸任何事物。至少，他還能隨意飄動，看見任何他想知道的事情。

——這樣也不錯。他心想。

畢竟琉晞與易華，兩人在他心裡佔據的分量都異常沉重，分不清孰重孰輕，反正他對這兩個人本來就無以奉獻，假如他們需要的就是「他這個人」，那麼就拿去吧！身體拿去，靈魂也拿去，心剖開，一人分一半吧。

少了燕麟的蘇葉神殿還是正常運作著。

燕麟第一個游離去的，是琉晞的房間。

最讓他驚訝的，莫過於琉晞已經失去祭祀能力，神殿卻運作依常。琉晞的臉色蒼白，每天都倒臥在被窩裡，緊緊用雙臂抱著單薄的絲衾，把蜷縮削瘦的身體全都包在被子裡，動也不動。

每天都有女神官送飯過來，全是很豐盛、香氣十足的料理，換作一般人早就垂涎三尺了，琉晞卻不吃也不起身。

有人呼喚，他充耳不聞。

送來的食物裡，放了特別多刺激味蕾的香料植物，但是他就好像聞不見一樣，依然文風不動。就這樣持續了好幾個月，觀察的日子流逝了多少，燕麟都數不清。

有時，琉晞在惡夢中輾轉難眠，燕麟聽見他哭著夢囈道：「燕麟……對不起……對不起……我不該撿起那顆綠寶石，我不該相信易華，是我害死你！」

燕麟想摸摸他的臉頰，哪怕琉晞早已瘦得不成人形，不再是以前那美麗的模樣，他還是很想碰觸他。但是他摸不著，一如以前琉晞高貴得讓人無法碰著，直到現在，琉晞閉鎖著自己，使自己成了無人聞問的透明存在，燕麟還是碰不到他。

起初還是有人來送飯、清理房間，而琉晞還是沒有一點好轉。

後來，送來的飯菜越來越清淡、稀少，再也沒人來清房間。

琉晞滴水未進、粒米未食，很少有便溺。

自從一位女神官最後一次清掉他床板下的夜壺以後，琉晞再也沒有排泄，他所有的身體機能都停止了，顫動的眼瞼不再打開，宛如冬眠一般地沉睡下去。

他沒有死，可是也不會動了。

他的皮膚幾近透明，從臉到身體都能看見其下的青藍血管正在汩汩流動，流速異常緩慢。

沒有養分的供應，一大把一大把地掉落在床上，散得滿床都是。

臉面乾枯，眼窩變深，原本纖細秀麗的十指與細腕，都逐漸化作有薄皮膚包覆的骨頭，皮膚底下一絲一絲的錐狀紅肉，隨著血液流動，發著微弱的脈動。

他包在白色的被衾裡，儼然像個死人——可是有蘇葉神護，是蘇葉神的愛妻，他死不了。

燕麟很困惑。琉晞不再美麗，像蘇葉神這麼愛好至美的神，怎麼還肯繼續光照琉晞？不遂琉晞的願望，讓琉晞繼續苟延殘喘下去，這到底是對琉晞的深愛，還是換個方式懲罰他的不自愛呢？

他維持這種不成人形的模樣長達一年多，正常人若是這樣早就死了，琉晞看起來的確也很想餓死自己。

神殿裡抄寫大事記的女神官，手握著羽毛筆，奉上司．新神祭的命令，振筆疾書，筆沾血紅硃砂，寫下燙金青冊末頁的最後一行字——

琉晞是蘇葉神殿最後一位神祭，也是唯一一位男性神祭。

他以男子之身得到蘇葉神全然的喜悅，這是創世以來未有之事，在他以前未有，在他之後也不再有。

琉晞離開官職以後，蘇葉神再也不降下任何神諭，就連制籤的神諭都毫不傳達，神祭一職便從此斷了傳承。

在這之後，宓憐國之人舉著摩拿神殿的大旗，藉口替摩拿神報仇的名義，摧毀了蘇葉神殿，神殿中的全員死亡，無一倖免，蘇葉神信仰，從此斷絕於世間。

他不忍再看琉晞，只好游離了意識去探易華。

本來，在他犧牲燕麟以後，應該要以摩拿神之姿，幫助蘇葉神審判全世界。

然而在燕麟魂飛魄散以後，他後悔了，他的心太過剛直，以至於他無法在摩拿大殿跪下。

易華毅然決然收手。

如今唯一的容器，也是唯一有資格的容器，易華並不同意，摩拿神便無法入侵他的心靈，強佔他的身體，受神核可的紋路至此失效。

面對自各方遠道而來的長老，易華不說二話。起先他在大殿衣裝得體地接受審判，長達三天的會審期間，他從筆直立正被命令要雙膝跪下，第二天是半蹲。

第三天，他被迫褪去衣物，高翹著臀部趴下。

第四天，長老們剝光他的衣服，在宓國的宮庭廣場前將他綁在木樁上，用火石砭他的雙眼，使得他兩眼燒焦流血，終於失明。

他們用荊棘凌遲他的皮肉。

易華呼吸逐漸微弱，還是沒有說話。

沒有人同情他，所有人都在斥責他的無恥與私心。

他的私心害得報復被迫停止、新世界無法降臨、摩拿神的信眾無法邁向信仰統一之路、摩拿神無法親自制裁蘇葉神。

為期一個月的懲罰，所有人民都可以上前去恥辱他，就是最低等的罪犯都行。

平時頂禮膜拜他的信徒們，紛紛上前往他嘴裡吐口水，吐痰在他身上。

最後依照宓憐國律法，王族得以減刑十倍。違反摩拿神的旨意，易華居然有幸免去死罪。他的膝蓋被剜掉，並且被放逐出境，從此之後再也不是宓國公民。

儘管摩拿神無法現世發難，神殿之間卻互相猜忌，人類之間的對立足以毀滅世界。

宓憐國首先發難，用人力振興摩拿信仰、替摩拿神復仇。

辰甦皇室抗外不力，西線連連失守，蘇葉神殿無力反擊，國內糧食價格居高不下，民不聊生之下有人想推翻辰甦皇朝，叛軍大批攻入瀧京南門。

宓憐國民喬裝的內亂份子從中作祟，使得辰甦國的御林軍的精銳架式分散，更有御林軍混入叛軍中搧風點火，發生內戰，即使是自己人打自己人，在沙場卻別有寇讎相見、水火不容之感。內憂外患之下，辰甦國首都．瀧京被攻破，辰甦王宮被憤怒的民眾搗毀，王室只好暫遷陪都．絳州的都城，絳華，即藍夜以前的食邑。

「藍夜，對不起，沒有你，我真的不知道該怎麼挽救這個頹勢。」

受到內亂影響，辰甦無力抗戰，為了停止宓憐國，與後來加入想分杯羹的羅剎國兩方包夾，極湘只好簽下停戰條款，將國土的三分之一割予羅剎國，國庫金錢的二分之一交給宓憐國，作為戰爭賠償。

人民對皇室的決定感到憤怒，各地民變民亂更甚。辰甦國內的死傷人數高達八百萬人，創下各國歷史事件中死亡人數的最高紀錄。

由於藍夜曾經索要宓國公主為妃，事後卻並未善待她，促使她自殺，宓憐國便在條款上要求極湘，將藍夜運往宓憐國，作為人質。

代王極湘極力反對，但是藍夜品行欠佳、不宜為王的呼聲在國內四起，有人說藍夜是剋死父母、帶來災難的不祥之人，根本不配為王，過半的國民認為此次的戰爭，事出全是因為藍夜。

皇宮集體罷朝一月，國家陷入空轉。

極湘不得已，雖然知道藍夜的身體，在送往宓憐國以後，只會遭到侮辱，他還是親手抱著藍夜，放入前往宓憐國的馬車。沿途民眾紛紛拿石頭往裝載著藍夜的馬車丟擊。

宓憐國的護衛各自逃走，絲毫沒有保護藍夜。人民將藍夜的身體自馬車中拖出來鞭笞，直到屍身血肉模糊為止。

隔日早朝，極湘得到使者彙報藍夜的死訊，極湘在大臣的簇擁下即位，年號為「厲凌」。

極湘一臉漠然地自龍椅上走下，甩下皇帝的珠簾冠，把冠踩得四分五裂。

他跪在地上，撕裂身上龍袍，一把抽出左腰繫的長劍，自屠雙目，以劍挖開自己的肚腹。御醫無法搶救，厲凌帝同日駕崩。

《辰甦史》冊記：「靖王極湘登基為厲凌帝，同日崩，未立遺詔，亦無太子，死前曰：『得與吾帝藍夜同生死，我心足矣。願與君世世為兄弟。』」

隔年，宓憐國再次侵略，不費吹灰之力，曾經建立春秋霸業的大國辰甦，宣告亡國，收歸為宓憐國辰甦省，由辰甦前朝長老們，共同修史紀錄遺事。

燕麟無法有任何的感覺，但他不忍繼續看下去，於是把目光轉向蘇葉神殿。

月黑風高的夜晚，御風與秋水在空念山谷的關口對峙，秋水只對御風說了一句：「再見了，哥哥。」

他轉身欲逃離御風，御風伸手要抓住他，秋水卻自空念山谷失足跌落，即使外傷盡數痊癒，秋水卻再也不能動和說話了。

御風悲慟不能自已，然而始終相信著蘇葉神的他，知道這一切都只是蘇葉神給予他的試煉，不論如何，都不能怪蘇葉神對他殘忍……

依賴一人之力，他繼續撐持著蘇葉神殿，上午負責神殿的運轉，下午至晚上則全心全意陪伴、照顧秋水。

秋水還坐在他的身旁，長髮烏黑，面如春花，但是他就是動一根指頭都不行。

「就是在上一個同樣無月的夜晚，從空念山的至高點，秋水差點摔成肉醬，如今外表還是這麼漂亮，就像洋娃娃一樣，真是蘇葉神的恩典。」

秋水不會再反抗了、緊閉的口不再叫喚他「哥哥」、死板的手不會再環住他的頸子……

不會再打他，不會再恨他，不會再罵他。

「秋水——！」

御風忍不住跪倒在地，頭埋在秋水的膝蓋上，無助地哭了出來。過多的淚水，濡濕了秋水的雙膝，在昏黃的燈下泛著明亮的水光。

秋水點墨般的明亮眼珠望下，直直看著上半身趴在他腿上一臉頹喪的御風，御風沒有看見，此時的秋水眼神好像在笑，笑裡透出的意思是——哥哥，我終於贏過那個藍夜，你是我的了。

他會陪秋水一生，這是很長的時間，然而他會做到，他會一直陪伴秋水，直到其中一人死掉為止。

然而在這間蘇葉神殿，一個有神護的地方，兩人究竟會活多久？究竟要忍受幾百年的折磨，才能死亡，得到真正的解脫？

「秋水，是為兄的背叛，害得你再也沒有未來。」

燕麟自長眠中悠悠轉醒。

然而燕麟醒來以後，顯得很迷糊，除了阿卡蘭以外，誰都認不得，就是對阿卡蘭的態度也很奇怪。

明明阿卡蘭一直以來都陪在他的身邊，他卻劈頭就問：「阿卡蘭，你人怎麼還沒回薩稔國呢？你不該在這啊。」眾人聽了只覺得奇怪，薩稔國？有這個地名嗎？

兩人走過一道又一道長廊，大理石的地板以及柱子光華得能折射陽光，牆上掛了多張多采的精緻大織錦。

路過的人們全都躬身向燕麟與阿卡蘭行禮，這裡的人全部都頭包白巾，身穿寬大的袍子，儘管房屋內部與蘇葉神殿有些相像，氣氛卻完全不同，倒是有點像易華的祖國宓憐國。

這座皇宮真是越走越大，花園裡有噴水的金大象，白色的牆壁上有綠色的花樣玻璃窗，仰頭一看天花板上全是絢麗的幾何植物圖騰，還有金翅六翼天使吹號角的圖像常在不為人知的牆角出現。

雖然窗外是一大片綠草，在綠草之外的範圍卻是一大片白沙，金色洋蔥頂的建築物整齊林立在宮牆之外，嘈雜的人聲自外頭的市集傳來。

阿卡蘭告訴燕麟：「這裡的王室並不叨擾人民的生活，而人民生產富庶，自給自足，並不需要與別的國家產生聯繫，王室愛護人民，人民也愛戴王室，國家安定又和諧，是與世無爭的世外桃源。」

燕麟對這個國家有些好感，拉緊了阿卡蘭的手，如朗星的一對紫色雙眸直盯著他。阿卡蘭好像在安撫小孩一般，按了按燕麟頭髮蓬鬆的頭頂。

燕麟按捺不住好奇心，忍不住問：「阿卡蘭，我從來沒有來過這裡啊，你告訴我，這裡是哪裡？」

這個問題讓阿卡蘭一怔，他緩緩回道：「這是您的家，是一個不會再讓你難過的地方。」

「怎麼可能？我根本就沒有家啊。阿卡蘭，你跟我不都是孤兒嗎？」

燕麟咕噥著，「你跟我不是最好的朋友嗎？為什麼忽然想作弄我？」

他走離阿卡蘭，四處張望，「對了，從我一張開眼到現在，除了你以外，都沒有看到認識的人，一定是因為這裡是奇怪的地方。蘇葉神殿的人都去哪裡了？」

聞言，阿卡蘭雙眼濕潤，但他想辦法壓下濃厚的淚意。

燕麟方回身，餘光一瞥忽然注意到阿卡蘭頸上的寶石項鍊，立刻衝上去，「這是，易華的祖母綠！我有機會跟易華說話了！」

阿卡蘭聽著覺得很奇怪，一陣苦笑。「你想再見到易華嗎？你這麼喜歡項鍊，我就把項鍊送給你。今天晚上好好入睡，易華就會去看你了。」

「對、對！」燕麟雀躍地贊同：「阿卡蘭不只會煮飯，還好聰明！」

一旁的婢女則是竊竊私語道：「什麼祖母綠？那明明是顆藍寶石啊，國王果真是睡傻了，不行囉。」

聽了阿卡蘭的建議，天還沒黑，燕麟就迫不及待入浴淨身，想去被窩裡睡個好覺。當晚，他確實夢見了易華，只是這次，他得以確實參與這個夢境，他重新加入了這個自己熟悉的世界。

等燕麟回過神來，只覺得自己軟軟的蹄子踏在比蹄子更軟的青草地上。他低頭一湊，短短軟軟的吻部正好湊在草尖上，他張開綿綿軟軟的嘴巴，吃了幾片嫩葉子，在口裡咀嚼的感覺很不錯，很新鮮、好自然的味道。

不遠處，他看到一個人坐在樹下。那人閉目養神，雙腿只有上半截，儘管無腿可盤，看起來還是很靜謐，就像在打坐一樣氣定神閒。

易華遣退他的僕役已經有好幾日，他坐在樹下並不活動，餓的時候就進食少量的乾糧。

燕麟踩著白白的軟蹄，啪搭啪搭地往易華的方向走去，用圓圓的頭頂了易華的腿邊。

易華一驚，直起靠在樹幹上的身子，伸出手來想確認來的是什麼，燕麟以為易華要摸他的頭，就順從地把頭湊上易華的掌心，讓易華得以寵溺地撫摸他。

燕麟爬上易華的大腿，兩手按著易華已經消瘦得不成形的胸膛，頭不斷蹭著易華的下頷，還伸出舌頭來舔易華。

「怎麼就這樣舔我？好熱情……真像是以前的我。」

把燕麟一把揉進懷裡，撫摸他溫軟的肚子，毛絨絨的真好摸，易華乾脆把頭埋到燕麟的肚子上。

燕麟舒服得發出微微的低沉「咩——」聲，自己找了一個妥貼的姿勢，在易華的臂彎裡舒躺下來。

「與其讓燕麟消失，不如他從一開始就別遇上我。我這個人是不是太壞了？我不但佔有他，還得到他的心，我卻不自知。」

他沉吟片刻，才語帶哽咽地接著訴說：「從來沒有人對我表露過真心，只有燕麟對我這麼好，我卻害他就此蒸發。我根本是人渣，垃圾……摩拿神為什麼讓我繼續苟活呢？」

燕麟不想看易華這麼痛苦的模樣，又起身去用頭頂蹭易華的下頷，尖耳朵靈活地動著，騷易華的癢。

「呼呼……你真的很可愛。」握住燕麟要按他的兩隻軟蹄，又摸了摸燕麟的頭。

燕麟「咩——」了一聲，聽起來有點像是「嗯……」易華覺得燕麟好像在催他說下去，嘆氣。

「一開始，我的確是為了目的接近燕麟，但是我真的沒有見過他這麼可愛的傢伙，他在我心裡永遠最美最好，你是我破例覺得可愛的，是唯二，因為我不會再背叛燕麟，說別的人可愛了。」

反正第一、第二都還是他本人佔著啊！

燕麟欣喜之下，在易華身上兩腳站著，就把易華的身體往樹幹上壓，毛絨絨軟綿綿的身體對易華蹭著蹭著，易華明顯感受到了這頭小獸在對他發情。

易華摸摸趺坐在地的燕麟，渾圓的小屁股上還有一團棉花似的尾巴。易華依然是笑，只是臉頰顯然有些潮紅，「小東西，你為什麼這麼色？因為我誇獎你嗎？這種事情，應該要去找另外一隻母的來做，不可以找我啦。」

陪伴在易華身邊，天氣晴朗，惠風和暢，燕麟沉沉入眠。模糊間，他聽見阿卡蘭在叫喚他：

『我的主人，就算在夢境裡只能是一隻綿羊，也甘之如飴嗎？』

燕麟理所當然地答道：『是，沒有琉晞跟易華的地方，不算是我的家。哪怕我在這裡只是一頭畜生也好，只要我能繼續守護他們，對我來說已經值得。這就是他的願望，我的願望不過是與琉晞、易華相守，這就是我的幸福。』

「啊，好可愛喔……」

琉晞下山採野菜時，偶然發現燕麟就依靠在易華的身邊淺寐著。

「易華這個混蛋，跟我搶燕麟就算了，就連這麼可愛的羊駝也要先佔走。」琉晞站在離燕麟與易華不遠的位置，半蹲著身子，正在觀察這一人一獸互相依偎的睡顏。

易華還在夢中，燕麟已經醒來，當他看見琉晞的面容，心跳都漏了一拍——那是許久未見、恍如隔世的容顏。

雖然在這裡穿得很簡陋，是縫了又補的破布衣，衣著光彩根本不比神殿，琉晞仍然美得讓燕麟屏息，燕麟深深憶起初見那時，他覺得琉晞根本就是不該存在於塵世的仙人。

他紺碧色有琉璃光澤的頭髮已經長至背部，儘管吃的都是山菜，無憂無慮的生活卻也讓他把前陣子餓下去的肉都長胖回來。

——原來他沒有死！

「你在看我的衣服？這套衣服，是我爸爸縫製給我的！小時候以為他就這麼一去不回，原來是一直住在這座山上避禍，現在我們可以住在一起，真是太好了。雖然他是個不負責任的爸爸，但是我在世間，已經沒有依靠了，所以也只能如此。」

燕麟四腳踩在地上，抬頭望著琉晞。

不知怎地，對上燕麟水汪汪的一對大眼睛，琉晞居然覺得這隻動物什麼都能理解，忍不住就在燕麟身邊坐了下來，手放到他的背上，順起他的毛，「你真的好白好可愛，摸起來好軟喔。我想，把天上的雲朵摘下來，一定長得跟你一樣。」

「燕麟，我的主人，我要讓你幸福，為了讓你幸福，就算是毀滅世界，我也在所不惜。」

「我是這個世界曾經的創世神，我曾經決定世間所有的因果律，我是你的僕人，我深愛著你，我的名字是阿卡蘭，世界重置以後，我會化為無形，隨時與你同在。」

他聽見了阿卡蘭的聲音。

這一次，世界上什麼都沒有了。

一片看不見邊際的大海，潮汐依然洶湧。

燕麟用手擋住刺眼的日光，他往旁邊一看，旁邊坐著一個人。

「燕麟……」

那人伸出手來碰觸他。

「我愛你。」

【完】

後記

大家好，我是藍光：

可以的話，我有一個渺小的心願，那就是希望這一次的後記，不是最後一次與您見面。

接下來都是一些比較細小繁瑣的事情，希望一路閱讀下來，不會耽誤到您太多的時間與耐心。

我今年還有參加POPO華文原創大賽以及時報文學獎，約莫到了十一月半，就能知道結果了。

除了文學獎以外，同時我也在緩慢地繼續寫自己的另一部原創長篇《祭司之路》，我上一次碰它是在一六年，但是整部文的人物設定、架構成型是在〇六年，當時我的年紀還很小，才國中而已。

目前我還在工作、讀書，還要照顧家人、打PS4跟NS（喂），剩下的寫作時間就不多了。這一部文的結構已經打好了，只是細緻的部分要實際去寫，才有眉目（所以只是幻想，文章並不會自己生出來呀！）。

我目前有在EP、悅閱、原創星球、POPO貼文，使用的SNS有巴哈小屋和FC2部落格。在POPO參賽的文章《玉樓春之宮闈秘談》是一部已經完結而且全文放上的歷史宮廷古風文，主角是趙匡胤（元朗）、李後主（從嘉），配角有趙光義、大小周后、趙德芳等人，故事發生的時間地點是五代十國尚未全滅，宋朝初期的汴京，有興趣的人歡迎來看看，也請不吝收藏、留言、點擊。

我從國小的時候就開始看BL文、打BL GAME，國中非常沉迷原創耽美文，當時對我來說影響最深刻的是天籟紙鳶《天神右翼》、塵印（千觴）《誰主沉浮》，長大了以後，陸續進入大坑，曾沉迷《盜墓筆記》、霹靂布袋戲（我到現在還是有在看新劇）、南方四賤客，為這些坑寫了很多長文或是中長篇的文章（約莫四萬字左右），也畫這些坑的同人圖，大部分都有放在P站。

雖然我畫的不好，但是能親手幫自己筆下的角色與劇情點繪出眉目，無疑是一件令我興奮且感到幸福的事。到了大學，我喜歡的原耽也不同了，目前印象最深的是蛇蠍點點《山神》（這本我收了實體）、糖小川《表弟》，兩本都看了兩次，喜歡的故事類型逐漸偏向現實、苦澀，尤其是問題不好解決的糾結劇情，這比較符合我在生活中所感覺到的苦悶，能引起我的共鳴。

這本《琉璃之泉》最早的企劃階段是在我高二到高三的時候，沒錯，就是大家一起上輔導課的那個時期。

前年翻修了一次，才投稿秀威。隨著一校、二校、三校往前推進，去年大改一次，今年也有。今年迫於諸事繁忙，不能整本翻修，只能把燕麟登場到他認識易華這段劇情再深刻些，然後潤筆，其餘的無法再動。

我想每一部舊作，再怎麼改都有它的極限，作者本人的時間安排也好，故事本身的深度或者它側重的方向也罷。每一部作品的價值觀，都能體現作者在寫作那本書的時期對人生的看法，後期再怎麼改、改幾次，總有些根深柢固的部分，是從作者自己的骨頭、血肉、精髓裡頭分出來的，然後變成這部作品的脊髓。你能不斷修改一本書，像是幫它減肥、穿衣服，但是你無法把它的脊椎整條抽掉，換成新的。

對我來說，《琉璃之泉》已到達那個限度，而我的其他部還沒有。這意思並不是說《琉璃之泉》已趨於完美，反而是說，它還有很多並不完美的部分，但我已經無力著手了，比如說結局比較機械降神的部分，前面的鋪敘不是很足夠，讀者很難通過閱讀前文，來合理地推測到後面的結局會是這樣的（表現出作者的內心有多麼扭曲）。

結構我認為有值得稱許的部分，尤其是神殿、宮殿、敵國這三者之間互相牽制的關係，氣派格局都比較大，也沒有什麼特別不合理的部分，當然，要順的話，也還能再順，不過，我想我已經不能再把更多的年歲留給這一部文，總是得分一些時間給其他部。

這一部比較貴亂、藥性十足的部分，我還是非常稱許的。主角燕麟本是個玩世不恭，到處撩人的浪子，被Winny畫得更帥了，讓我狂喜！（我的pixiv還有其他《琉璃之泉》角色人設及插圖，尤其是藍夜、御風、易華等人的圖，大推喔！ID =948487，歡迎來看看）由於我的八點檔腦持續運作，寫《琉璃之泉》的時候還有看布袋戲的緣故，這一部跟我其他長篇相比，稱得上是精彩刺激，內容還有些不錯的打鬥。

可惜的是，為了投稿，我把整部文章的床戲都和諧一次，修改之後還留存著一些，但不多了。有興趣看完整版，尤其是被刪掉部分的人，可以來我的FC2 blog逛逛，部落格名：藍光的吃沙發休息室。

這一部可以交出秀威出版，由編輯亦宸來回地校稿並進行編排上的修改，由Winny擔任畫師，已經是一件非常幸運的事。可以的話，我希望每一部我從小到大寫過的大型原創企劃，都能這樣得到面世的機會。

投稿前，我會仔細把每部文的結構順到自然、成熟、合理，使它正常地通向應有的結局，交代每個角色的後續，而不是辜負他們；讓每一個角色的出現都有跡可循，存在有其意義；令角色們的個性可在劇中得到應有的展現與活躍、角色與角色間的交往與羈絆自然而深沉，是角色之間對彼此的化學作用，而非是作者自己亂點的鴛鴦譜或強行貴亂。

台灣的小說市場這幾年是越來越萎靡了，我認為鮮鮮的捲款倒閉是一個分水嶺，後來銘顯也倒了，冒險者天堂改由飛燕經營，明日已經不出恐怖小說了，我從國中到高中的回憶，在現實裡一一倒下。

寫作的時間真的無比漫長，寫了幾百萬字，現實裡卻一事無成，一再地證明我是一個平庸、沒有天分，不配被人欣賞的人。

這段期間，我上了私立高中，上了末段的國立大學，現在讀了國立大學中字輩的研究所。比起小時候那段無憂無慮的日子，如今要考慮的事情越來越多，能不能溫飽、必須照顧家人、是否能畢業等等，幾乎說為了生存，已經把我所有力氣耗盡，寫作這麼傷腦的事情，做起來疲勞度不亞於工作或讀書，不寫卻又心裡難受，滿心全是那些想實現、卻又擱置的夢想，眼看自己馬齒徒長，別人年少得志，是一件難過的事。

這就是藉口、這就是推託，不過我確實像是乾枯了一樣，一七年只寫了一兩篇單篇，今年所做的最大的工程就是把高三寫的《玉樓春》幾乎1／3到2／3的部分都砍掉重練了，但這也很難說是有新的產出。

我已經二、三年左右，完全沒有寫過全新的原創長篇企劃，老的文也擱置，還有很多我很喜歡的，甚至是寫完了兩、三年的，始終沒有好好整理一下，拿出去投稿。

如果我非常喜歡的那些企劃，那些兒子女兒，沒有每一本都整理好，拿出去投稿的話，或許他們這一輩子再也沒有機會在世間露面（當然，出版了也不代表就會被人看見、被人閱讀、被人知道），我是不是會死不瞑目，遺恨江東？（笑）

只要我最掛心的那些文，包括「祭司」、「真夏盟約」能全部整修完，拿出去投稿的話，就算可能必須等個半年甚至一年，才能等到一張制式的退稿單（甚至是石沉大海，令人白等），至少在等退稿的那段期間，我的心會是自由的，我會重新開始考慮，是不是要聚精會神地從人物設定做起，按部就班地寫文案、故事大綱，動筆寫一個原創的全新長篇。

小時候的自己說開坑就開坑，是很簡單的，但是在長大以後，對合理性、大小結構、主支線、事件前後的因果關係等，要求會比較嚴謹，這可能受到兩方面的影響，一方面，我受過論文寫作的訓練，一方面，我在大學上過劇本寫作與莎劇的課程，雖然看的書還不夠多，但我對自己的要求會越來越高……（然後實際出產的字數就越來越少了）

最後是世界線的收束，喜聞樂見的感謝時間！（要感謝的人太多，就謝天吧！）

感謝亦宸不辭繁忙，與我頻繁地書信往來，共同校訂這份稿子。我算是比較機車的人，會一直跟她說要改東改西、幹嘛幹嘛的，這段很長的時間，她都是溫柔敦厚、任勞任怨地包容我，是很敬業而且沒有脾氣的可愛女孩。

感謝秀威給我一個圓夢的機會，這是我寫作超過十年來，第一次過稿的商業稿，在我得知過稿的那個晚上，我在家中哭著告訴我的家人。如今我真的很期待書的成品，我預計請我家附近的市立圖書館還有我學校的圖書館訂書呢。如果有幸能在實體書店看到新書的話，我會拍照打卡上傳臉書，然後買一本回家鎮床頭壓壓驚（對，就是要這麼浮誇）。

謝謝Winny總是依照我的要求更動並修改稿子，她畫出來的角色真的很有我書中兩位孩子的靈魂，而不單單只是外型像而已，我認為這張封面已經比外頭很多輕小說的封面都好看了（笑）。會發現她全是因緣際會，我這一季有在看京都動畫的《Free!》（我承認我已經看了三季＋三部劇場版），在P站搜到她的圖，收藏了很多張，後來發現她是台灣人，才主動聯絡她，冒昧問她願不願意接商業稿，她在接了單以後，雖然平時生活繁忙，但總是客氣又迅速地給我她畫出來的人設圖與色指定。

感謝我室友心姿，雖然我不確定她會不會看到。回到家以後，我大多比較忙，要買菜、做家事、照顧我家人還有上班，所以我在修訂《琉璃之泉》還有《玉樓春》，甚至是最近寫《祭司》的過程，都是在學校宿舍的下午到晚間進行，我在校稿時有唸出來的習慣，她因此（被迫）聽了不少辣耳朵的東西XD，不論如何感謝她這些日子以來的陪伴。

感謝艦長在我問他願不願意幫我寫序的時候，為我排開其他事情，在我的其他朋友都逃跑（？）之際，只有他挺身而出，拔刀相助，效率又高。以前我很喪的時候，他還請他認識的編輯幫我看文，不怕惹我不高興（犯顏直諫XD），直接對我的文提出很辛辣的建議，他真的很佛心。

最後要感謝看完此書，看完此後記的您。

不論你是用購買的（再次感謝您）、跟朋友借、在圖書館或是租書店借來的，就算只是被封面的美色誘惑（囧）也好，很感謝您願意給這本小書一個機會，如果還沒把書看完，就請您翻回去，把書看完吧！您將會度過一段愉快的時光。

愛你的藍光　敬上

釀奇幻29　PG1900

琉璃之泉
——曉落的眾神之星

作　　者　藍　光
責任編輯　劉亦宸
圖文排版　周妤靜
封面繪圖　Winny
封面完稿　王嵩賀

出版策劃　釀出版
製作發行　秀威資訊科技股份有限公司
114 台北市內湖區瑞光路76巷65號1樓
電話：+886-2-2796-3638　傳真：+886-2-2796-1377
服務信箱：service@showwe.com.tw
http://www.showwe.com.tw
郵政劃撥　19563868　戶名：秀威資訊科技股份有限公司
展售門市　國家書店【松江門市】
104 台北市中山區松江路209號1樓
電話：+886-2-2518-0207　傳真：+886-2-2518-0778
網路訂購　秀威網路書店：https://store.showwe.tw
國家網路書店：https://www.govbooks.com.tw
法律顧問　毛國樑　律師
總 經 銷　聯合發行股份有限公司
231新北市新店區寶橋路235巷6弄6號4F
電話：+886-2-2917-8022　傳真：+886-2-2915-6275

出版日期　2018年11月　BOD一版
定　　價　300元

Printed in Taiwan

國家圖書館出版品預行編目

琉璃之泉：曉落的眾神之星 / 藍光著. -- 一版.
-- 臺北市：釀出版, 2018.11
面； 公分. -- (釀奇幻；29)
BOD版
ISBN 978-986-445-273-6(平裝)

857.7 107013982

讀者回函卡

感謝您購買本書，為提升服務品質，請填妥以下資料，將讀者回函卡直接寄回或傳真本公司，收到您的寶貴意見後，我們會收藏記錄及檢討，謝謝！

如您需要了解本公司最新出版書目、購書優惠或企劃活動，歡迎您上網查詢或下載相關資料：http:// www.showwe.com.tw

您購買的書名：＿＿＿＿＿＿＿＿＿＿＿＿＿＿＿＿＿＿＿＿＿＿

出生日期：＿＿＿＿年＿＿＿＿月＿＿＿＿日

學歷：□高中（含）以下　□大專　□研究所（含）以上

職業：□製造業　□金融業　□資訊業　□軍警　□傳播業　□自由業

□服務業　□公務員　□教職　□學生　□家管　□其它＿＿＿

購書地點：□網路書店　□實體書店　□書展　□郵購　□贈閱　□其他

您從何得知本書的消息？

□網路書店　□實體書店　□網路搜尋　□電子報　□書訊　□雜誌

□傳播媒體　□親友推薦　□網站推薦　□部落格　□其他＿＿＿＿＿

您對本書的評價：（請填代號　1.非常滿意　2.滿意　3.尚可　4.再改進）

封面設計＿＿　版面編排＿＿　內容＿＿　文／譯筆＿＿　價格＿＿

讀完書後您覺得：

□很有收穫　□有收穫　□收穫不多　□沒收穫

對我們的建議：＿＿＿＿＿＿＿＿＿＿＿＿＿＿＿＿＿＿＿＿＿＿

＿＿＿＿＿＿＿＿＿＿＿＿＿＿＿＿＿＿＿＿＿＿＿＿＿＿＿＿＿

＿＿＿＿＿＿＿＿＿＿＿＿＿＿＿＿＿＿＿＿＿＿＿＿＿＿＿＿＿

＿＿＿＿＿＿＿＿＿＿＿＿＿＿＿＿＿＿＿＿＿＿＿＿＿＿＿＿＿

請貼
郵票

11466
台北市内湖區瑞光路 76 巷 65 號 1 樓
秀威資訊科技股份有限公司　　　收
BOD 數位出版事業部

（請沿線對折寄回，謝謝！）

姓　　名：＿＿＿＿＿＿＿＿　年齡：＿＿＿＿　性別：□女　□男

郵遞區號：□□□□□

地　　址：＿＿＿＿＿＿＿＿＿＿＿＿＿＿＿＿＿＿＿＿

聯絡電話：(日) ＿＿＿＿＿＿＿＿＿＿ (夜) ＿＿＿＿＿＿＿＿＿＿

E-mail：＿＿＿＿＿＿＿＿＿＿＿＿＿＿＿＿＿＿＿＿